태풍이 지나가고

海よりもまだ深く

KB110461

UMI YORIMO MADA FUKAKU
by KOREEDA Hirokazu, SANO Akira

Copyright ©2016 KOREEDA Hirokazu, SANO Akira, FUJI TELEVISION
NETWORK/BANDAI VISUAL/ AOI Pro. Inc./GAGA CORPORATION
All rights reserved.
Originally published in Japan by GENTOSHA INC..

Korean translation rights arranged with
GGENTOSHA INC., through THE SAKAI AGENCY.

Korean Translation Copyright © Minumsa 2017

고레에다 히로카즈·사노 아키라
박명진 옮김

태풍이 지나가고

海よりもまだ深く

안녕하세요.

영화감독 고레에다 히로카즈입니다.

이번에 제가 쓴 소설 『걸어도 걸어도』와

『태풍이 지나가고』 두 권이 한국에서

출간된다는 소식을 들으니

대단히 기쁩니다. 이 두 작품은

영화도 그러했지만, 소설 역시

저 자신의 개인적 경험, 기억과 밀접하게

연결돼 있습니다. 이들 작품은

어머니를 잃은 슬픔을 극복하기 위해

쓰기 시작했고, 거기엔 저 자신이 처음

'아버지'가 되면서 느낀 감회와

때때로 당혹스럽기도 했던 심정까지

담겨 있습니다. 이런 제 분신과도 같은

두 작품을 읽어 주신다면,

대단히 기쁘겠습니다.

2017년 가을

고레에다 히로카즈

차례

1

정말이지 태풍이 많은 해다. 채 한 달도 안 되는 동안에 이례적으로 많은 태풍이 발생했다며 뉴스에 나오기도 했다. 태풍이 본토에 상륙하는 것은 여름부터 가을에 걸쳐 일어나는 게 보통이었으나 남부에는 이미 5월 중순부터 상륙하기 시작했다.

게다가 장마가 끝나지도 않았는데 일본을 횡단하기도 했다. 초등학교가 여름 방학에 들어갈 때와 거의 같은 시기였다. 그로부터 태풍은 잇달아 발생과 상륙을 반복하더니, 일본 각지에 큰 피해를 입혔다.

태풍과의 인과관계는 확실하지 않으나 기온도 불안정했다. 무더위가 며칠 동안 이어지는가 싶으면, 갑자기 추워져서 홑이불을 두 겹씩 덮지 않으면 잘 수 없을 지경이거나 했다.

그렇다고는 해도 무더위가 그다지 오래가지는 않았고, 대체로 지내기 편한 여름이었다.

태풍은 9월 중순 이후에도, 마치 겨누기라도 한 듯이 일본을 향해 돌진했다.

"무슨 태풍이 이렇게 잦은지, 지긋지긋하네."

텔레비전 뉴스가 전하는 새로운 태풍의 발생 소식을 들으며, 나카지마 지나쓰가 혼잣말을 했다. 하지만 이야기를 들어 줄 어머니는 방 안에 없다. 부엌에서 이어진 베란다에 나가 있다. 애초부터 지나쓰도 대답을 기대한 것은 아니다. 그저 무심코 뱉은 말일 뿐이다.

대답을 대신하기라도 하듯, 베란다에 널어놓은 담요를 때리는 소리가 들려왔다.

가스레인지 위에는 집에서 제일 큰 냄비가 올려져 있고, 조림 요리가 자아내는 구수한 향기가 풍겨 온다.

조림 요리는 지나쓰가 어릴 때부터 좋아했던 요리다. 특히 맛이 잘 배어든 곤약을 좋아해서, 먼저 훔쳐 먹다가 혼이 나곤 했다.

지나쓰는 바로 그 맛에 낚여서, 어머니를 대신해 글씨를 쓰고 있다. 부엌의 낡은 식탁 앞에 앉아, 지난 설에 받은 연하장의 발신인을 보면서, 엽서에 만년필로 이름을 써 간다.

그때 베란다에서 요란한 소리를 내면서 지나쓰의 어머니인 시노다 도시코가 담요를 끌어안고 나타나더니 "생각났다."라고 말했다.

지나쓰는 펜을 멈추지 않는다.

"재닛이야. 재닛 린."

그렇게 말하며 도시코가 만족스럽게 웃었다.

지나쓰는 순간 어리둥절했다. 무슨 이야기였더라?

하지만 바로 생각해 냈다. 그것은 두 시간도 전에 이야기했던 내용이었다. 지나쓰가 둘째 딸에게 피겨 스케이팅을 배우게 하고 싶다는 말을 꺼냈을 때의 이야기다. 피겨 레슨비가 너무 비싼 탓에 어머니에게 '상의'를 청했던 것이다. 마침 칼피스의 텔레비전 광고에 귀여운 외국인 여자 피겨 스케이트 선수가 나왔었는데, 그때 도시코가 이름이 기억나지 않는다는 이야기를 했었다.

삿포로 올림픽이 1972년이었고, 그 대회에서 인기 있던 인물이라는 부분까지는 당시 여섯 살이었던 지나쓰도 생각해 냈지만, 아무리 머리를 쥐어짜도 이름만큼은 떠오르지 않았다.

도시코는 물론이지만, 지나쓰도 피처폰 사용자이기에 인터넷으로 검색해 볼 수도 없었다.

늘 그렇듯이 본래 이야기는 전혀 다른 화제로 옮겨 가, 어느새 잊히고 말았다. 때때로 생각나지 않던 이름이 조금 뒤늦은 타이밍에 튀어나오곤 했다. 지나쓰네가 돌아간 뒤라든가.

그러나 이날엔 제때 생각난 터라 도시코는 기분 좋은 웃음을 지었다.

"아아, 맞아, 맞아. 린. 금발에, 이런 머리 모양이었잖아."

지나쓰도 생각이 나서 펜을 멈추고 크게 맞장구를 쳤다. 그러면서 재닛 린의 머시룸커트 같은 머리 모양을 손으로 만들어 보였다.

"엉덩방아까지 찧었는데 만점이었어. 뭐가 뭔지 모르겠더라, 피갸는."

정확히 말하자면 만점을 받은 건 예술 점수뿐이었다. 기술 점수는 넘어진 탓에 크게 감점당했다. 그래도 린은 동메달에 빛났다. 그러나 지나쓰에게 거슬렸던 부분은 다른 데에 있었다.

"피겨라고, 겨!"

"응응, 겨지, 겨."라며 도시코가 마치 노래라도 부르듯이 되풀이해서 중얼거린다. 외워 보려는 기미는 조금도 없다.

도시코는 "으잇쌰." 하고 소리를 내며 담요를 부엌과 이어진 거실로 내던지고는 그 옆에 털썩 앉아서 빨래를 개기 시작한다.

지나쓰는 다시 식탁을 향해 고쳐 앉고는, 자기 앞에 쌓인 올해 받은 연하장 중에서 한 장을 집어 든다.

지나쓰가 쓰던 것은 상중(喪中)임을 알리는 엽서였다. 어머니가 처음으로 부고 엽서를 걱정하기 시작한 때는, 첫 태풍이 일본에 상륙했던 골든 위크 무렵이었다. 11월 중에만 부치면 늦지 않으니까 서두를 필요 없다고 지나쓰가 일러 줬지만, "미리 저거 해 놓지 않으면 저쪽이 연하장을 준비할지 모르니까."라고 집요할 정도로 졸라 대서 지나쓰에게 쓰게 한 것이다. '저거'는 도시코의 입버릇이었다. 옛날부터 뭐든 '저거'로 때워 버린다.

지나쓰는 연하장 안팎을 보며 '흐응.' 하고 소리를 냈다. 후지 산이 그려진 앞면에는 새해 인사가 인쇄되어 있고 수신인의 이름도, 발신인조차도 인쇄 활자라 자필로 쓴 글자는 하나도 없다.

"야나기다 씨가 아버지 회사 사람이었나?"

그러자 곧바로 거실에 있던 도시코가 고개를 끄덕이더니 "나리마스 공장에 있을 때 부장님."이라고 말하며 얼굴을 찌푸렸다. 하지만 그 얼굴에 험상궂은 기운은 없다. 어딘가 재미있어 하는 듯 보인다.

"그 사람한테 너희 아버지, 몇 번이고 돈을 빌려서, 그때마다 내가 이타바시의 오빠 댁에 가서 머리 숙여 가며……."

지뢰를 밟고 말았다, 라며 지나쓰가 말을 자르고 들어왔다.

"잘됐네, 이제 그런 걱정도 없어져서."

그렇게 말하고 지나쓰는 등 뒤의 침실 쪽을 들여다봤다. 아버지가 목을 움츠린 채로 숨어서 어머니의 악담을 듣고 있는 건 아닐까 하여.

침실 서랍장 위에는 작은 상자형 불단이 놓여 있고, 그 앞에는 아직 새것인 영정이 모셔져 있다. 도시코의 남편인 신스케가 아무런 예고도 없이 갑자기 죽은 때는, 지난 벚꽃 피던 계절이었다. 아직 일흔네 살이니까, 이른 죽음이었다.

사진 앞에는 복떡[1]이 올려져 있고, 향 하나가 연기를 가로로 길게 뻗치고 있다. 복떡은 지나쓰가 파트타임으로 일하는 전통 과자점 '신키네'에서 가져온 것이다.

"싸울 상대가 없어져서, 역시 조금 저거 한 거 아냐?"

도시코의 입버릇인 '저거'는 지나쓰에게도 옮아 있다.

그러나 어머니는 빨래를 개키던 손을 멈추지도 않은 채 "아니 전혀."라고 가차 없이 대꾸하고는, 한마디 덧붙였다.

"이젠 정말 속이 다 후련하다……."

아버지 푸념이 또 시작되겠군, 하고 생각한 지나쓰가 다시 말을 가로막았다.

"혼자서 멍하니 있다가는 노망들어. 친구라도 만들라니까."

그러자 곧바로 도시코가 받아친다.

"이 나이 돼서 그런 거 만들어 봤자, 초상집 갈 일만 늘어날 뿐입니다요."

지나쓰는 작게 웃음을 뿜고 말았다. 옛날부터 독설하는 데에 발군이었다. 아직 치매를 걱정할 필요는 없겠다고 속으

---

1   묘大福: 다이후쿠. 팥소를 넣은 둥근 찹쌀떡.

로 생각했다. 걱정되는 건 갑자기 약해진 다리와 허리뿐이다.

도시코는 빨래를 서랍장에 넣고, 가스레인지에 올려 둔 냄비의 조림을 기다란 젓가락으로 찔렀다. 조려 낸 국물을 한 방울 손등에 떨어뜨려 맛을 본다. 이제 조금만 더 조리면 되겠다 싶은지 가스레인지 불을 줄였다.

"곤약은 천천히 식혀야 맛이 배는 거야. 사람이랑 똑같아."

좋아하는 음식이라 지나쓰도 물론 조림에 도전했었다. 어머니에게 몇 번이고 조리법을 배워서 집에 돌아가 만들어 봤지만, 아무리 해도 맛이 나지 않는다.

어머니는 "수시로 맛을 봐야 해. 적어 둬."라고 주의를 줬지만, 지나쓰는 전혀 귀담아 들으려 하지 않았다.

그러다 결국 지나쓰는 어차피 집이 가까우니까 먹고 싶을 땐 얻어먹으면 된다는 쪽으로 자세로 바꾸었다. 조림 때문이라고는 할 수 없지만, 지나쓰는 이십 년 전에 결혼해서 집을 나간 뒤로도 줄곧 친정집 근처에 살고 있다. 아이들이 생기면서 맨션을 몇 차례인가 옮기긴 했으나, 자전거로 다닐 수 있는 거리 안에서 새집을 골랐다.

"내일 미노리 도시락에 넣어 줘야지."

지나쓰의 첫째 딸인 미노리는 중학교 3학년으로, 자기 엄마랑 똑같이 곤약을 좋아했다. 둘째 딸인 아쥬는 초등학교 4학년. 이쪽은 곤약에 별 흥미가 없어서, 도시락 반찬으로 조림을 싸 주면 온통 갈색으로 물들어서 보기 싫다며 넣지 말라고 불평한다. 그래 봐야 둘 다 급식이 기본이라서, 도시락은 내일처럼 교외 수업 같은 게 있는 날에나 쌀 뿐이다.

"닭고기는 조금만 넣었는데……."라며 도시코가 냄비를 지켜보며 말한다.

"괜찮아. 이제 고기보다 생선을 먹어야 할 나이라."

사춘기 때 지나쓰는 갑자기 육식 위주로 식사를 하기 시작했다. 곤약 대신 닭고기를 독차지해서 그때마다 혼나곤 했다. 그러나 지나쓰도 벌써 중년, 그것도 '후반'에 접어들었다.

"그래도 네 신랑은 아직 젊을 텐데, 모자라지 않겠어?"

"전혀. 이제 웬만한 욕구는 사라졌지, 벌써 쉰이니까. 조림이랑 똑같이 좀 재워 둬야 맛이 난다고나 할까. 하하."

도시코는 딸이 들려주는 사위에 관한 노골적인 이야기를 흘려듣고, 주전자의 차를 찻잔에 따르며 지나쓰가 쓴 엽서 수신인 이름을 보더니 떨떠름한 얼굴이 됐다.

"너 말이야⋯⋯. '밭 전(田)' 자가 이렇게 뭉그러지면 어떡하니."

"난 원래 글씨 못 써. 엄마를 닮았거든요."

"난 이렇게까지 못 쓰진 않네요."

"그러면 이름 정도는 직접 저거 하세요."

"손가락이 움직이질 않는다고 했잖니."

그렇게 말하면서 도시코는 손가락을 흐물흐물 움직여 보인다.

"잘만 움직이네⋯⋯."

지나쓰가 토를 달려고 하자, 도시코는 찻주전자를 든 손을 일부러 질름질름 떤다. 찻주전자 뚜껑이 달그락달그락 소리를 낸다.

"뭐야 그게. 「도리후대폭소」[2]도 아니고."

지나쓰가 생각한 것은 시무라 겐이었지만, 아무리 해도

---

2   ドリフ大爆笑: 일본의 유명 콩트 프로그램.

도시코 얼굴에서 떠오르는 것은 가토 자(加藤茶)다. 그러면서 둘은 소리 내어 웃는다.

도시코는 우표를 집어 들더니, 그것을 혓바닥으로 적셨다. 한 장이 아니다. 다섯 장이 하나로 붙은 것을 집어서, 입을 크게 벌리고 혀를 쑥 내밀어 한번에 듬뿍 침을 바른다. 그리고 한 장씩 뜯어서 다 쓴 부고 엽서에 붙인다.

지나쓰가 옆으로 밀어 둔 엽서를 집어 들었다. 그것은 수취인 불명으로 돌아온 아버지가 쓴 연하장이었다. 붓펜으로는 낼 수 없는 농담(濃淡)이 있는 붓글씨에 달필이었다.

"그래도 아버지, 글씨는 참 잘 쓰셨어……."

지나쓰는 다시 아버지 얘기를 꺼내고 말았다며 아차 싶었지만, 어머니는 미소 지었다.

"그것만큼은 자랑이었으니까. 다들 인쇄된 연하장을 보내도 자기만큼은 이렇게." 하며 허리를 곧추세우고 신묘한 표정을 지으면서 신스케 흉내를 낸다.

"먹물도 안 쓰고, 먹으로만 갈았잖아."라며 도시코는 코웃음을 쳤다.

"맞다, 맞아."라며 지나쓰도 허리를 세우고 흉내 낸다.

도시코는 딸의 손에서 엽서를 낚아채, 그 단정한 해서체를 찬찬히 살펴본다.

"이런 거 손만 많이 갔지 뭐, 받는 쪽은 고맙지도 아무렇지도 않은걸."

지나쓰에게 어머니의 독설을 받아 줄 생각은 없었다. 다른 연하장을 집어 들어 발신인 주소를 보고는 놀라며 말했다.

"어머, 시바타 씨 이사했구나."

도시코의 집은 세이부 선을 따라서 조성된 빌라 단지 4층에 있다. 사십 년 전에 네리마의 셋집에서 이사해 왔다. 방 세 개짜리(3DK) 임대 주택. 여기서 시노다가(家)는 지나쓰와 두 살 아래 동생인 시노다 료타를 키워 냈다. 아사히가오카 (아침 해의 언덕)라는 이름과 함께 빛나 보였던 단지도 적잖이 노후했다. 더불어 주민들도 늙어 버렸다.

시바타 씨네는 남측 분양 동에 살던 가족이다. 료타와 동급생인 남자아이가 있어, 여러 가지로 인연이 있었다.

"아들이 단독 주택을 지었대. 세이부 주택에."

뚱한 표정으로 도시코가 말했다. 같은 단지 이웃이, 아들이 세운 단독 주택에 들어가 사는 것은 부러운 일이라고 지나쓰는 생각했다. 게다가 세이부 주택이라고 하면 길을 사이에 두고 단지 반대편에 있는, 이곳 주민 누구나가 동경하는 분양지다.

"대단하네. 그래도 개, 중학교 때는 왠지 똑 부러지는 애는 아니었는데."

언제나 입을 헤벌쭉 벌리고 있던 아이라, 지나쓰는 흐리멍덩한 인상으로 기억했다.

"대기만성형 인물인가 보지."

이 역시 도시코는 재미없는 듯이 불평했다.

"이 집에도 한 사람 있잖아. 대기(大器)가."

지나쓰가 웃으면서 말하자, 도시코는 웃음도 탄식도 아닌 한숨을 내쉬었다.

"뭐, 큰 걸로 치면, 누구 못지않게 크지."

그러더니 도시코는 딸을 보며 아이처럼 혀를 삐쭉 내밀었다.

평일 한낮의 세이부 이케부쿠로 선 하행 전차 안은 한산했다. 그럼에도 시노다 료타는 좌석에 앉지 않고 창가에 서서 차창 밖을 내다보았다. 키가 커서 몸을 숙이지 않으면 창밖이 보이지 않는다.

냉방이 세서 조금 춥기까지 했던 전차가 목적지인 기요세 역에 도착하자 료타가 내려섰다. 이미 9월도 하순에 접어들었는데 날은 더웠다. 내리쬐는 햇볕에 탈 것만 같다.

플랫폼에서 에스컬레이터를 타고 역사로 올라가니 좋은 냄새가 난다. 서서 먹는 소바집 냄새다. 반가웠다. 아침 식사를 거른 터라, 추억보다는 공복 때문에 그대로 가게 안으로 들어갔다. 가게 모습은 옛날 그대로였으나, 가게 이름이 '사야마 소바'에서 '지치부 소바'로 바뀌었다. 지갑에서 400엔을 꺼내 카운터에 놓으며 덴푸라소바를 주문했다. 냉소바도 생각해 봤지만, 따뜻한 소바 국물이 그리웠다.

"엇, 손님, 저쪽에 발권기가 있습니다."라고 초로의 점원이 가게 밖을 가리킨다.

"응?" 료타는 순간 당황했다.

옛날에는 발권기 같은 건 없었다. 먹지 말고 나갈까, 라고도 생각했지만, 공복을 이기지 못하여 맥없이 밖으로 나가 발권기에서 덴푸라소바를 사려고 했다.

그런데 가격이 450엔으로 올랐다. 지갑에는 1만 엔권 한 장과 1000엔권이 두 장. 100엔짜리 동전이 네 개에 10엔짜리가 두 개. 1000엔짜리 지폐를 깨고 싶지는 않았다. 이 돈을 깨면 순식간에 사라지고 만다.

다 큰 사람이 30엔에 벌벌거리는 것은 싫었지만, 대의를 위해서 작은 희생은 감수해야 하는 법. 료타는 그 옆에 있는

420엔짜리 쑥갓튀김소바 버튼을 눌렀다.

버스에 올라타니 의외로 혼잡하다. 료타는 제일 뒷자리에 앉았다. 몸집이 큰 료타에게 1인석 의자는 너무 갑갑하다.

료타는 버스 안을 둘러보고, 승객 대부분이 노인이라는 점에 놀랐다. 어느 정류소에 버스가 멈추자 노인들이 내린다. "이런, 저기요, 우산 놓고 갔어요."라며 좌석에 두고 내린 우산을 집어다 주는 노부인과 그 우산을 돌려받는 노부인. 잡담을 나누며 버스에서 내린다. 대화 내용으로 봐서는 서로 아는 사이도 아닌 것 같은데, 버스에서 내려서도 계속 이야기를 나눈다. 료타가 밖을 보니, 거기에는 크게 새로 생긴 노인 시설이 있었다. 입주자를 문병하거나 일일 서비스를 이용하려는 사람들인 것 같다.

역에서부터 꼬박 십오 분이 걸려 목적지인 단지 센터에 도착했다. '단지 센터'라는 정류소 이름은 남아 있지만, '아사히가오카 그린 몰'이라는 이름의 상점가는 바뀌었다. 이쪽에는 새로 생긴 마트가 있어서, 옛날만큼은 아니지만 번화한 분위기가 느껴진다.

그러나 맞은편에 있는 세이부 상점가는 한산하다. 아케이드에 줄지어 선 가게 절반 정도가 셔터를 내렸다. 예전에는 걷기가 힘들 정도로 사람들이 넘쳐 났건만, 이라고 생각하며 료타는 잠시 선 채로 녹슨 셔터가 줄지어 선 광경을 바라봤다.

그러다 료타의 얼굴에 작은 미소가 퍼졌다. 그의 시선 끝에 영업 중인 양과자점 '호른'이 있다. 싸고 맛있는 케이크가 옛날부터 인기였다.

1000엔짜리 지폐를 마지못해 깨서 산 것은, 어머니가 좋아하는 초콜릿 케이크였다. 하나만 살까 했지만, 궁핍한 생활을 들키고 싶지 않아서 두 개를 산다. 자기 것은 옛날부터 좋아했던 몽블랑으로 정했다. 가게를 나오자, 땀을 흘린 탓인지 소바 국물을 다 마셔 버린 탓인지, 몹시 목이 말라 자판기에서 차가운 콜라를 뽑아 마셨다. 역시 지폐를 깨면 금세 사라지고 만다고 생각하면서도 꿀꺽꿀꺽 목울대까지 울려 가며 마셔 댔다.

단지 안으로 들어가니, 평일 낮임을 감안해도 인적이 없다. 공원을 지나가는데 나와 노는 아이들이 아무도 보이지 않는다. 옛날에는 아이들에게 인기였던 문어 모양 미끄럼틀 앞엔 안전 고깔이 설치되어 진입 금지 상태다. 콘크리트인 데다, 겉으로 보기엔 어디가 부서진 것 같지도 않았다.

한 사람도 보지 못한 채, 어머니가 사는 2-4-1동에 도착했다. 건물을 올려다본다. 외벽을 새로 도장한 것이 몇 년 전이었을까. 못해도 십 년은 지났다. 그때는 외벽만 선명한 색깔이라 따로 노는 것 같더니 이제는 꽤 어울려 보인다. 오래된 단지이지만 청소가 구석구석 잘되어 있고, 화단에 심긴 나무도 예쁘게 가꿔져 있어서 옛날 그대로다. 그런데 어딘지 모르게 어두운 기운이 감도는 것 같다.

"시노다 군?" 뒤에서 부르는 소리에 료타가 돌아봤다.

중학교 동급생이었던 나카니시 나쓰미였다. 자전거 주차장에서 마트 비닐봉지를 들고 나타났다. 화장기도 없이, 목 부위가 늘어진 티셔츠를 입은 차림새에 생활감이 넘쳐흐른다. 비닐봉지에서 삐죽이 올라온 대파도……. 그런 생각을 하면서도 남 얘기 할 때인가 싶어서, 료타는 쓴웃음을 지었다.

"이게 누구야? 잘 지냈어? 웬일이야?"

한 번에 여러 가지 질문을 받아서, 료타는 당황했다.

"어어……, 아버지 장례식 뒷정리도 좀 해야 하고, 아직 저거 해서……"

료타의 대답은 어딘가 두서없다. 그런데 나쓰미가 대뜸 고개를 숙이며 조의를 표한다.

"얼마나 애통하겠어. 갑자기 가셨잖아, 아버지."

나쓰미의 부모님은 살아 계셨던가, 료타는 생각해 봤지만, 단지에 올 일도 거의 없었기에 딱히 정보가 없다. 그저 머리를 조아리는 걸로 대신할 뿐이다.

"아……, 그러게. 아버지보다는 어머니 쪽이 먼저 저거 하시지 않을까 생각했는데 말이야."

료타는 상대가 대꾸하기 어려울 법한 소리를 하고 말았지만, 나쓰미는 가볍게 흘려버린다.

"그래도 말이야, 주변은 편하지. 덜컥 가시는 게."

"그렇지. 병상에 누워만 있어도 좀."

"정말 그래. 덜컥이 제일이야."

나쓰미의 말에 실감이 깃들어 있기에, 료타는 '부모님이 와병 중이신가?' 하고 생각했지만 이내 다른 이야기를 떠올렸다.

"나쓰미, 스기나미 쪽에 저거 했지 않았어?"

그녀는 스기나미에 땅을 가진 연하의 남자와 결혼해서 화제가 됐었다.

"돌아왔어."

그것인즉 이혼해서 되돌아왔다는 것인가, 물어도 되려나 망설이고 있는데 나쓰미가 말을 이었다.

"애, 작년에 여기서 고독사한 사람 있었잖아?"

"그랬었나?"

"그랬어. 5-3-5. 삼 주 동안이나 몰랐대."

나쓰미는 과장되게 얼굴을 찌푸려 보인다. 그러자 평평하던 얼굴에 그나마 좀 입체감이 생겼다.

"그랬구나."

"그래서 그게 좀 걱정이 돼서, 우리 집도."

"효녀네."

나쓰미는 "으으응. 그렇지도 않아." 고개를 저으며 웃었다.

"우리 집 방이 두 개뿐(2DK)이잖아. 좁아서 불편하지만, 여기 집세가 싸니까."

"그렇긴 하지."

"그러니까 돌아와 있는 애들, 있을 걸. 미유키도 그렇고. 아, 미유키네는 두 번 다녀왔지."

"허어, 야마시타 두 번째 돌싱인가."

쾌활한 데다 귀염성 있던 모습이 료타의 머릿속에 떠올랐다.

"그래도 시노다 군, 열심이네."

나쓰미의 말에 료타는 몸을 사린다.

"아이고 아니……."라며 말을 흐린다.

"요전에도, 요시미랑 이야기했는걸. 우리의 희망이라고."

"희망이라니……."

웃으면서 화제를 바꿔 보려고 했지만, 나쓰미에게 선수를 빼앗겼다.

"상을 받아서 부모님이 기뻐하셨지?"

"그렇지도 않아. 아버지도 어머니도 그런 거에 인연이 없는 분들이라. 특히 아버지는 소설이라곤 돌아가실 때까지 한 권도 읽어 본 적 없는 양반이었고."

나쓰미가 말하려는 것을 노골적으로 차단하며 료타가 이야기를 바꿨다.

"요시미라……, 옛날 생각나네."

"지금은 이렇지만 말이야." 나쓰미가 허리둘레를 자신의 두 배쯤 뚱뚱하게 흉내 내면서 가리킨다.

"그렇구나……."라며 료타가 웃어 보였다.

료타의 반응에 나쓰미가 민첩하게 반응하며 말을 꺼낸다.

"다음에 한번 모이자. 다 같이 동창회 어때."

"동창회라……, 그러게……."

료타는 저도 모르게 표정을 흐리고 말았다.

그 표정에서 눈치를 챘는지, 나쓰미는 바로 손을 흔들며 자리를 뜬다. 그 뒷모습을 보면서 료타는 왜 적당히 받아넘기지 못했을까, 후회했다. 동창회 같은 건 사교 행위에 불과하다. 그러나 만에 하나 잘못 응했다가 정말로 동창회가 잡히기라도 하면 성가셔진다. 나쓰미는 촉이 빨랐지만 눈치 없이 친한 척하는 녀석도 많을 것이다. 그 자리에서 어색하게 얼버무릴 시간을 생각하는 것만으로도 속이 거북해진다.

료타는 그 기분을 떨쳐 내려는 듯이 성큼성큼 걸어 나갔다.

어머니의 집은 4층에 있다. 계단을 올라가려고 하는데 멀리서 전에 들어 보지 못한 소리가 들렸다. 확성기를 통해 들리는 안내 방송이다. 귀를 기울이니 "금일, 오전 7시경부터, 82세 여성이 행방불명되었습니다. 복장은 베이지색 바지에……."라고 들려왔다. 길 잃은 노인을 찾고 있는 것이다.

나쓰미의 고독사 이야기와 더불어, 료타는 이 단지가 '늙음'을 맞이하고 있음을 새삼 실감했다.

그런 생각을 하면서 4층까지 올라갔더니 상당한 운동이 된다. 어머니가 "고되다."라고 말하는 것도 무리는 아니다.

집 앞에서 초인종을 눌러 봤지만 반응이 없다. 자물쇠는 잠겨 있다. 료타는 옆에 있는 우유 배달 상자를 열고 바닥에 깔린 전단지를 들췄다. 거기에 열쇠가 감춰져 있다. 이것은 옛날과 조금도 달라지지 않았다.

표찰의 '시노다'라는 글씨는 신스케가 붓으로 쓴 것이다. 아버지가 일부러 표찰용 고급 종이를 사다가 썼던 것이다. 어머니가 "전단지 뒤에 써도 될 것을."이라고 잔소리하는 옆에서, 아버지가 신묘한 표정으로 먹을 갈던 모습이 어딘가 모르게 유머러스해서 료타는 잊지 못한다.

문을 열고 일단 불러 본다.

"아무도 없나? 나 들어가요."

역시 반응이 없다. 구두를 벗고 들어가서, 원래는 누나의 방이었지만 현재는 위패를 모셔 둔 다다미 네 칸 반짜리 침실로 곧장 향했다. 목표물은 벽장 안에 있을 것이다.

벽장 위쪽 칸에는 담요가 들어가 있고, 아래쪽 칸에는 작은 서랍장이 있다.

그 옆에 아버지 물건이 아무렇게나 처박혀 있으리라. 사 놓고 얼마 하지도 않은 낚시 도구며, 한 번도 쓰지 않아 녹만 슨 목공구 따위다. 그런데 그것이 도무지 눈에 보이지 않는다. 깨끗하게 치워진 것이다. 당연하게도 찾으려던 물건도 찾지 못했다.

서랍장도 열어 보지만, 어머니의 의류가 깔끔하게 개켜져 있을 뿐이다.

료타는 한숨 지으며 벽장을 닫고 불단으로 시선을 돌렸다. 아버지의 영정이 시야에 들어오기에 재차 눈을 돌렸다. 불단 아래에 있는 서랍장 제일 작은 서랍에 '값나가는' 물건이 있다는 기억이 어렴풋이 났다.

료타는 서랍을 열어 보면서, 불단에 올려진 뭉그러진 팥소 복떡을 한입 물었다. 살짝 딱딱하게 굳었다. 덴푸라소바가 쑥갓튀김소바로 바뀌었기에 아직 조금 허기졌지만, 먹을 마음이 사라졌다.

서랍을 열자 나온 것은 전당표였다. 몇 장이나 있다. 날짜는 모두 헤이세이[3] 때의 것으로, 십 년 이상 시간이 지났다. 즉, 전당포에 맡긴 이 물건들은 모두 처분되었다는 뜻이다.

그래도 료타는 그 전당표를 한 장 한 장 살펴본다. 1000엔 짜리도 있다. '여성용 손목시계(세이코)'다. 어머니 것이 틀림 없다. 그중에는 2만 9000엔이나 하는 고가의 물건도 있었다. '니시진오리 후쿠로 오비(西陣織袋帶)'다. 물론 어머니의 것이다. 어머니의 친정집은 유복했기 때문에, 시집올 때 가져온 물건이리라. 전당표는 모두 아버지 이름으로 되어 있으니 무단으로 들고 나간 것이 분명하다.

"아니, 다카마쓰 고분도?"라며 료타가 무의식중에 중얼거렸다.

당시 아직 어렸던 료타가 직접 우체국 앞에 줄을 서서 기다려, 세 종류의 '다카마쓰 고분 기념우표' 시트를 샀다. 책상 서랍에 우표 앨범을 넣어 두고 소중하게 간직해 왔는데, 어느샌가 사라졌다. 대학을 졸업하고 집에서 독립하면서 책상

---

3 平成, 1989년부터 사용된 일본 연호, 2017년은 헤이세이 29년이다.

도 들고 나갔다. 가끔 우표 앨범이 생각나서 찾아봤지만 나타나지 않았다. 이사하느라 혼잡한 틈을 타서 아버지가 들고 나갔던 것인가. 전당표에는 겨우 3500엔이라고 기재되어 있다. 하지만 그 우표 앨범에는 그것 외에도 많은 기념우표 시트와 다른 우표들도 있었다. 아마 그것들도 모두 돈으로 바꾸었을 터다.

그 외에 바둑판과 바둑알, 맥주 교환권 등 손에 잡히는 대로 전당을 잡혀서, 물건에 비해서는 높은 금액을 받았다.

료타는 전당표를 제자리에 돌려놓으면서, 그 앞에 있는 복권 다발을 발견했다. 연말 점보며 여름 점보 등 온갖 종류의 복권이다. 아버지가 번호도 확인하지 않고 서랍에 넣었으리라고는 생각할 수 없지만 만에 하나, 라는 것도 있다. 료타는 그것을 모조리 주머니에 쑤셔 넣었다.

다음 서랍을 열어 보니, 어머니의 속옷이 잔뜩 들어 있어서 황급히 닫았다. 벌을 받고 만 것이다.

그럼에도 다음 서랍을 뒤지니, 낯익은 카메라가 나왔다. 디지털이 아닌 오래된 필름 카메라지만, 국산 일안 리플렉스다. 얼마쯤은 값이 나가리라.

그때, 현관에서 소리가 났다. 료타는 움직임을 멈추고 귀를 기울였다. 틀림없다. 자물쇠를 여는 소리다. 그 소리를 놓치지 않기 위해 문을 잠가 놓았던 것이다.

료타는 발소리를 죽인 채 재빨리 움직여, 부엌 의자에 놓아둔 가방에다 카메라와 복권 다발을 집어넣었다.

"응? 료 짱?"

료타의 구두를 발견했는지, 어머니가 부르는 소리가 들린다. 어딘가 들뜬 것 같은 목소리에, 료타는 양심이 살짝 찔렸다. 한 번 더 가방을 확인했더니 복권이 삐져나와 있다. 그것을 얼른 눌러 넣어 감췄다.

그러고 나서 바로 어머니가 얼굴을 들이밀었다. 료타는 아무 일도 없는 체한다.

그런 료타를 도시코가 지그시 바라본다. 마음속까지 꿰뚫어 보는 것 같아서, 료타는 시선을 돌렸다.

"온다면 온다고 말을 해야지."

"미안해, 미안."

"뭐야?"라며 도시코가 다시 료타를 본다.

"아니……."라고 우물쭈물하면서 말을 머뭇거린다.

"뭔데?"

캐묻는 어조는 아니지만 도시코는 관심법이라도 있는지, 적당히 둘러대는 것이 불가능하다. 그것은 아마도 아버지와 함께 살아오면서 길러진 감각이리라고 료타는 생각했다. 포기하고 입을 연다.

"유품 말이야. 아버지 것들 중에, 뭐라도 하나 간직할까 싶어서."

거기에 사 온 케이크를 내밀면서 "호른에서 초콜릿 케이크 사 왔어."라며 웃어 보였다.

"어떤 거? 돈? 입에 허연 거 묻었어."

역시 둘러대는 건 통하지 않았다. 정말이지 이길 도리가 없다. 딱 맞혔다. 게다가 팥소 복떡을 집어먹은 것까지 들통났다. 단념하고 솔직해지지 않을 수 없었다.

"아니, 거 왜, 족자 있었잖아. 「진품 명품」인가 방송에 내보내면, 300만은 할 거라고 했던 거……."

"없었어, 그런 거. 왜? 요즘 돈 없어?"

걱정하는 기색도 없이 단박에 말하고, 도시코는 거실로 가서 모자를 벗은 뒤 손으로 머리를 매만졌다. 그리고 얇은 스목을 벗었다.

"돈 있어. 보너스도 제대로 받았는걸."

"얼마?"

대뜸 질문을 받고 료타는 다시 대답을 얼버무린다.

"뭐, 얼만지는 알 거 없잖아."

그러자 도시코가 웃는다.

"넌, 거짓말이 어설퍼. 아버지랑 달라서."

료타는 패배를 인정하지 않을 수 없었다. 반박해 봐야 수렁으로 빠져 들어갈 뿐이다. 게다가 거짓말을 못한다는 소리는, 직업상 치명적 결함을 지적당한 것과 같다.

도시코가 료타의 배에 장난스럽게 펀치를 먹인다. 불의의 일격을 받은 료타가 "웃." 하고 신음 소리를 냈지만, 그래도 끈질기게 묻는다.

"정말 없었어? 이렇게 생긴 기다란 나무 상자에 들어 있던 거."

분명 본 기억이 있는 물건이었다. 기다랗고 연륜이 묻어나는 나무 상자를 아버지가 자랑스럽게 벽장에서 꺼냈던 것을. 거기에는 붓글씨가 써 있었는데, 긴 세월이 지나면서 옅어졌다. 그 고색창연한 느낌이 어딘지 모르게 비싸 보였다.

"네 아버지 유품들, 장례식 다음 날 전부 내다 버렸어."

도시코는 부엌으로 돌아오더니 손에 들고 있던 비닐봉지를 테이블 위에 내려놓았다. 비닐봉지 안에 CD가 들어 있는 것이 비쳐 보였다. '베토벤'이라는 글자가 보인다.

"버렸다고? 전부?"

"응."

"진짜?"

"놔둬 봐야 자리만 차지하는걸."

료타는 크게 한숨을 짓더니 힘없이 의자에 앉았다. 이런 식으로 얼마나 많은 고가의 골동품이 쓰레기 더미에 휩쓸려 사라져 없어졌을까. 300만, 료타는 소리 없이 한탄했다. 그리고 저도 모르게 어머니를 탓했다.

"너무하네……. 오십 년이나 함께 저거 했으면서, 이런 식인가?"

도시코의 말버릇은 당연하게도 이미 료타에게 옮아 있다. '저거'를 쓰지 않는 사람은 아버지뿐이었다.

"무슨 소리야. 바보니 너. 오십 년이나 같이 저거 했으니까…… 그런 거란다."

료타는 한숨을 내쉬며 "심오하구먼."이라고 중얼거렸다.

"심오하지."라고 말하면서 도시코는 냉장고를 열어 케이크를 집어넣더니, 안에서 나오는 냉기를 쐬며 한숨을 내쉰다.

"그런가, 없단 말인가, 셋슈.[4]"라고 힘없이 탄식하며 료타는 어깨를 늘어뜨렸다.

"오늘 너무 덥네."라며 도시코는 냉장고 문을 열었다 닫았다 하며 '부채질'을 한다.

"스목 같은 걸 입으니까 그렇지. 반팔을 입었어야지."

그러자 도시코는 냉장고 안을 뒤지더니 "있다, 있다."라며 작은 컵에 칼피스를 채워서 얼린 '아이스'를 두 개 꺼내 그중 하나를 료타 앞에 놓는다.

4   15세기 일본의 선종 승려이자 수묵화의 대가.

"여기, 딱 두 개 남았네."

"됐어, 이제 여름 다 지났는데."

"오늘도 30도 넘었대. 뭔가 일이 있어도 있어."

료타는 앞에 놓인 '아이스'를 손가락으로 찔러 보았다. 꽁꽁 얼었다.

"딱딱해서 먹지도 못하겠네. 아이스 정도는 사다 먹을 수 있잖아. 연금도 받으면서."

"사다 놔 봐야, 지나쓰네 애들이 순식간에 전부 먹어 버리거든. 이거라면 먹는 데 시간도 걸리고 딱 좋아."

어머니의 핑계는 료타가 어렸을 때부터 늘 같았다. 단지 인색해서 그런 것만은 아니다. 그 속에는 따뜻한 마음이 숨어 있다. 무엇보다 료타도 지나쓰도 이 '아이스'를 좋아했다. 여름이 되면 한 번씩 생각나는 것이다.

도시코가 건네준, 끝이 깔쭉깔쭉한 톱니처럼 생긴 자몽 스푼도 정겹다. 료타는 부루퉁하면서도 스푼을 들고 '아이스'를 긁기 시작했다.

"누나네, 자주 와?"라고 료타가 일어서면서 물었다.

"왜?"

"아니, 복떡이 있길래. 못난이가."

지나쓰가 오래된 전통 과자점 '신키네'에서 파트타임으로 일하게 된 지도 칠 년째다. 그때부터 어머니 집에 올 때마다 과자를 선물로 들고 오는데 껍질이 찢어지거나 해서 보기 안 좋은 상품을 싸게 파는 것들이다. 그래도 맛은 똑같아서 실리적인 어머니는 좋아한다. 제값 주고 사려면 결코 싼 과자는 아니다.

"반찬 떨어지면 오더라."라며 도시코가 웃는다.

"조심하는 게 좋을걸."

"뭐를?"

"아니, 무슨 꿍꿍이가 있는지 알 수가 없잖아, 그 녀석."

료타의 말을 듣고 실소를 터뜨린 도시코가 말했다.

"이젠 더 뜯어먹을 건더기도 없네요."

그 말에 료타도 힘없이 웃었다. 자신도 그 건더기를 뜯어먹으려고 족자를 노렸기 때문이다.

스푼으로 아이스 겉면을 긁어내자, 쿰쿰한 냄새가 났다.

"이거, 언제 적 거야? 냉장고 냄새나잖아."

냉장고 특유의 냄새가 밴 것이다. 랩이라도 씌워 놓으면 냄새가 옮는 일은 없을 텐데, 어머니는 랩 같은 건 '쓸모없다.'라고 말할 것이 뻔하다.

도시코도 코를 갖다 대 보더니 "위만 긁어서 걷어 내면 괜찮아."라고 말하면서, 자신은 아무렇지도 않게 입으로 옮긴다.

료타가 테이블 위에 놓인 CD를 집어 들었다.

"클래식이라니, 누구 영향이야? 나가오카 씨구먼."

'나가오카 씨'는 어머니의 지인이다. 남편은 평범한 회사원에, 시노다네 가족과 같은 임대 주택파이지만, 결혼기념일마다 몇만 엔씩 하는 클래식 콘서트에 간다는 이야기를 료타도 들은 적이 있다.

그러나 도시코는 고개를 저었다. 그리고 웬일로 말이 막혀 우물거린다.

"…… 아, 뭐 어떠니, 누구든지 간에."

조금 기분 나쁜 듯한 기색이 되었다, 라기보다는 그렇게 함으로써 다음 질문을 더 묻지 못하게 하려는 행동이라는 생각에, 조금 재미가 동한 료타가 놀려 댔다.

"전에는 「도쿠마무시 라디오」[5]나 재밌다고 듣더니?"

"그건 그거, 이건 이거."

도시코는 이미 완전히 자신의 페이스를 되찾았다. 료타는 테이블 위에 놓인 작은 CD 카세트 플레이어를 들어 보았다. 신상품이지만 스피커가 하나밖에 없어서 클래식을 듣기에는 어울리지 않겠다고 료타는 생각했다.

"뭐 이리 작아. 클래식 들을 거면 좀 괜찮은 걸로 사지. 애들 로봇 같잖아."

"생긴 건 저거 해도. 저거, 목욕탕에서도 들을 수 있고……."

"방수야?" 료타는 어머니가 욕실에서 클래식을 들으면서 콧노래 부르는 모습을 상상하고 실소를 뿜을 뻔했다. 하지만 그것도 즐거울 것 같긴 했다.

"홈쇼핑에서 샀는데, 딱 잘 샀지."

요즘 가전제품은 크기는 작아도 소리는 좋을지 모른다고 료타는 고쳐 생각했다.

거기서 이야기가 끊어졌다. 둘 다 아이스를 긁어 대느라 열심이다.

"너무 얼렸나?"라고 도시코가 웃고 만다.

"칼피스, 너무 조금 넣었어."

당도가 낮은 탓에 맹물을 얼린 것처럼 꽁꽁 얼어붙었다.

료타는 카메라 가격과 복권 당첨 결과가 신경 쓰여 마음이 급했다. 하지만 바로 돌아가겠다고 하자니 어머니가 서운해할 것을 알기에 좀처럼 말이 나오지 않았다.

---

5   배우 도쿠마무시 산다유가 사십칠 년간 진행해 온 TBS 라디오 방송.

일단은 베란다에 나가 담배를 피우기로 했다.

도시코가 페트병에 물을 채워 그 뒤를 따라 나온다. 페트병 주둥이에는 희한하게 생긴 뚜껑이 달려 있다. 작은 물뿌리개처럼 생겼는데, 페트병을 개조해서 플랜터나 화분에 물을 뿌리는 도구로 만든 것이었다.

료타는 담배 연기를 피우며 건너편 동을 보았다. 캐노피가 달린 삼륜 오토바이가 서 있고, 짐칸에서 상품이 담긴 비닐봉지를 꺼내 든 젊은 남자가 계단을 뛰어 올라간다. 단지 센터에 있던 마트의 배달 서비스인 모양이다.

"오, 마트에서 배달도 해 주나 보네."

베란다에는 꽤 많은 화분이 있어서, 순서대로 물을 뿌리며 도시코가 대답했다.

"응, 3층 이상만."

"편해졌네."

"나이 먹고 몸이 불편해졌으니까."

우유나 주스, 쌀 같이 무거운 걸 사면, 젊은 사람이라도 위층까지 날라다 주기가 꽤 수고스럽다. 나이 든 사람에게는 가혹한 수준일 터다.

"조용하네." 료타가 가만히 말했다.

"이젠 나와 노는 애들도 없거든."

"나 어렸을 때는 야구 한다고, 잔디밭마다 서로 뺏고 그랬는데."

잔디라고 해 봐야 지금처럼 푸르지도 않았다. 아이들이 언제나 그 위에서 야구를 했기 때문에, 잔디라곤 대부분 시들었거나 구석에만 간신히 남아 있는 정도였다. 이제 이 단지에는 잔디밭에서 놀 만한 아이들조차 거의 없는 것이다.

옛날에는 수업을 일찍 마치는 하급생에게 진지를 맡아 두
도록 시키는 등 온갖 수단을 동원했었다. 그런데 그것을 나이
많은 골목대장에게 빼앗기거나……. 아련했던 추억에 료타의
가슴이 은근히 벅차오른다.

"그러다가 좋아하는 여자애 집 베란다에 일부러 공을 던
져 넣기도 하고 말이야."

하지만 당연하게도 공을 주워다 주는 사람은 바라던 여자
아이가 아니라 그 어머니로, 몇 번이나 던져 넣다가 호되게 혼
이 나기도 했다.

그러자 도시코가 "맞다." 하고 물을 뿌리며 말했다.

"그러고 보니 나쓰미, 돌아왔더라, 애까지 데리고."

그 사람은 좀 전에 아래에서 만났던, '스기나미에 저거 했
던 나쓰미'였다.

"어어, 아까 저기서 만났어."

"바람피우다 걸려서, 남편한테 버림받았다지……."

"응? 그랬어?"

이혼했겠구나, 라는 생각은 했지만, 나쓰미의 외도가 원
인이라니 의외였다.

"단지에 떠도는 소문이."

"허어……."

"걔, 중학교 때, 너 좋아했었다며?"

"아냐, 그런 거……."

그런 이야기는 소문으로도 들어 본 적이 없었다.

"그 집 엄마가 물어보더라고. 료타 씨, 저희 집 딸이랑 어
쩌시냐고."

"허어……, 뭐야, 진작 이야기해 주지. 언제 그랬어?"

말해 줘 봐야 아무 소용없지만, 괜스레 솔깃해지는 이야기이긴 하다.

"벌써 한참 옛날 얘기다. 이십 년도 더 전에."

료타는 웃고 말았다. 아직 아르바이트나 하던 시절이다. 결혼 같은 건 생각할 수도 없었다.

"뭐야, 그런 옛날 얘기를."

"왜? 지금이라면, 해 볼 맘이라도 있는 거야? 아서라, 여기가 헤픈 여자는 못 써."

도시코는 하반신을 노골적으로 가리켰다.

"너무하네……, 그렇게까지 말할 건 없잖아."

그러나 도시코는 신경 쓰지 않고 화분에 심은 귤나무에 물을 준다. 다른 화초는 모두 키가 작은 풀인데, 이것만은 훌륭하게 자랐다.

"이거, 기억나? 귤나무."

"어어, 내가 고등학교 때 씨를 심었더니 싹 났잖아. 많이 컸네."

빨래 널 때 방해됐을 텐데, 키워 주고 계셨구나, 라고 료타는 조금 감상적인 마음이 들었다.

"꽃도 안 피고 열매도 안 열리긴 하지만, 너라고 생각하면서 매일같이 물 주고 있잖니."

악담이라고 치면 최고의 경지다.

"싫은 소리를 참 잘도 해서."

도시코도 악담을 하려는 생각은 아니었기에 금방 수습한다.

"맞다, 그래도, 애벌레가 이 이파리 먹고 컸어. 저번엔 저기서 나비가 됐더라니까. 파란 무늬가 이렇게 생겨서…… 나중에 사진 보여 줄게."

"됐네요." 료타의 기분은 나아지질 않는다.

"어딘가 자기 역할이 있는 게지."라고 도시코가 다시 말을 보탠다.

"저기요, 나도 버젓이 자기 역할을 하고 있거든요?"라고 료타가 욱해서 내뱉었다.

"응응, 그러게. 그럼 태풍이 온다니까, 저 화분 좀 이쪽으로 옮겨 줄래?"

"훗, 그 정도야 식은 죽 먹기지."

료타는 어머니가 말한 대로 귤나무 화분을 창가로 끌어당겼다. 그와 동시에 새시 창문 깨지는 소리가 들렸다.

료타가 직접 치우겠다고 했지만, 오히려 어질러져서 번거롭다며 도시코가 큰 유리 조각부터 치우고 청소기를 돌린다. 료타의 엉덩이가 뒤에 기대 두었던 장대 빗자루를 치면서 유리창을 깨트리고 만 것이다. 유리 전체가 부서진 것은 아니고, 창 아래쪽 부분이 커다란 오이 같은 형태로 빠졌다. 이 정도라면 골판지 같은 걸로 막아 주면 당분간은 버틸 수 있을 것 같았다.

청소기가 유리 조각들을 빨아들이면서 타닥타닥 호스에 부딪히는 경쾌한 소리를 낸다.

어머니가 청소하는 틈을 타서 료타는 예전에 자신이 쓰던 방으로 들어갔다.

그 방은 현관에 들어서면 바로 옆에 있다. 중학생이 된 료타가 골랐던 방이다. 료타의 방에서는 거실에 기거하는 부모 눈에 띄지 않고도 몰래 집을 나갈 수 있었다. 그렇다고 딱히 나쁜 짓을 했던 것은 아니지만, 한밤중에 친구들과 모여서 수다를 떠는 일은 왠지 해방감이 들어서 즐거웠던 것이다.

성인이 된 료타가 그 방에서 목소리를 낮추고 휴대 전화로 통화를 한다.

"뭐? 이상하네……. 분명히 토요일에 부쳤는데……. 그게……, 내일, 한 번 더 물어볼게, 은행에……."

그 말이 거짓임은, 횡설수설 변명하는 어조에서 빤히 보인다. 당연히 전화 너머의 상대에게도 지적받아서, "아니, 거짓말 아니라니까."라며 거듭 변명을 한다.

그러다 상대방으로부터 갑자기 전화가 끊겼다. "여보세요."라고 몇 번이고 휴대 전화에 대고 불러 보지만 응답이 없다.

그때 밖에서 방의 장지문을 열려는 소리가 들렸다. 노크도 없이 방에 들어오는 어머니에게 질려서 료타가 고등학생때 방문에 자물쇠를 설치했다. 자물쇠라고 해 봐야 세이부 상점가에 있는 철물점에서 150엔에 산 허접한 자물쇠다. 장지문을 힘껏 당기면 튕겨 날아갈 수준이었다. 그래도 그 효과만큼은 훌륭했다.

그로부터 어머니는 장지문 밖에서 말을 걸게 되었다. 자물쇠는 료타가 '성인'이 되었다는 상징이었다.

"똑똑." 하고 도시코가 입으로 노크했다. 장지문은 노크를 해도 그 소리가 시원찮은 것이다. 거기다 장지문에 상처가 난다며 도시코는 늘상 불평을 해 왔다.

"뭔데." 료타는 성가신 듯이 말하고 자물쇠를 풀었다.

도시코는 뒤지기라도 하듯이 방 안을 둘러보았다. 방 안엔 물건들이 어수선하게 채워져 있다. 책장에는 옛날 그대로 익숙한 책들이 꽂혀 있다. 책상이 있던 자리에는 어머니의 철지난 옷이 담긴 수납 상자며, 사자마자 상자에 넣어 버린 담요 따위가 쌓아 올려져 있다. 즉 창고 대용으로 쓰고 있는 것이다.

"커피 끓였는데, 케이크 먹을래?"라며 도시코는 료타의 표정을 살피려는 듯이 슬쩍 올려다봤다.

"어어, 그럴까."라며 료타는 휴대 전화를 주머니에 넣었다.

"뭐했어?"라며 도시코는 다시 슬쩍 료타의 얼굴을 봤다.

"아니, 아무것도……."라며 말을 흐린다.

"아무것도라니, 자물쇠까지 저거 하고, 무슨 전화야?"라고 캐묻는다.

이것만큼은 어머니 귀에 들어가게 하고 싶지 않은 이야기였다. 료타는 들킬 것을 각오하고 거짓말로 둘러댔다.

"아니, 회사에 젊은 애 하나가 있는데 도통 일을 못해서 말이야. 그래서 일이 좀 있었어……."

그러자 도시코가 의외로 곧이곧대로 믿는 눈치다.

"회사? 아아, 힘들지? 도청하랴, 남의 집에 몰래 들어가랴. 저번에 텔레비전에서 하더라."

TV 드라마에 나오는 탐정은 상당히 과장되어 있다. 실상은 별것 없는 일뿐이라 결코 텔레비전에 어울리지 않다.

"나야 형사는 아니니까, 편한 편이지."

"위험한 건 하지 말아. 그래도 넌 장남이니까 말이야."

그렇게 말하며 도시코는 료타의 등을 걱정스럽게 쓸어내린다. 이것은 어머니의 버릇이다. 무슨 일이든지 쓰다듬고 본다. 등을 쓰다듬는다. 집 밖에서도 쓰다듬는다. 크고 나서는 그게 싫어서 손을 뿌리치기도 했지만, 요즘은 잠자코 있기로 했다. 어렸을 때는 쓰다듬어 주는 어머니의 손에 마음이 편안해지기도 했었다.

"그래도 말이야, 다시 말해 두지만, 나는 어디까지나 취재 때문이라는 거."

본업의 취재를 위해서, 라며 시작한 탐정 일이었다.

"그러면 다행이지만, 그런 일을 한다고 이타바시에는 말도 못하겠어서."

'이타바시'는 도시코의 오빠가 사는 곳이었다. 나이 차가 많은 오빠는 도시코에게 아버지와도 같은 존재였다. 대대로 내려온 고급 문구 회사에 근무한 터라 유복했다.

그래서 돈이 궁할 때마다 도시코는 이타바시를 찾았다. 당연히 아버지는 이타바시와 가까이하지 않았고, 추석이나 연말연시 인사 등 친족들과 연락도 모두 어머니가 혼자 도맡아 해 왔다. 료타 역시 근엄한 삼촌이 어려웠다. 아버지 장례 때도 가급적 마주치지 않도록 도망 다녔을 정도였다.

료타의 머릿속에, 당신 오빠에게 아들의 근황을 이야기하지 못해 곤란해하는 어머니의 모습이 떠올랐다.

"알았어, 알았어."라며 짐짓 큰 소리로 말하면서, 그 생각과 어머니의 잔소리를 함께 떨쳐 냈다.

"밥은 어떡할래? 갑자기 와서 우동 정도밖에 없는데……."

료타는 손목시계를 슬쩍 보고 고개를 저었다.

"아니, 이제 가야 돼……."

그러자 도시코는 약간 과장스러울 정도로 서운해한다.

"어머, 아직은 괜찮지 않니."

"그렇게 당장 죽을 것 같은 소리 하지 마요."

"왜? 일 때문에?"라고 이번에는 돌연 평정을 되찾은 목소리로 묻는다.

"뭐, 일단 맡은 일이니까."라고 둘러대면서 료타는 잠시 고민했다. 오랜만에 본가로 돌아온, '맡은 일'의 책임을 가진 중년의 남자는 이제 돌아가서 무엇을 하게 될까, 라고.

료타는 돌아갈 차비를 계산한 뒤, 도시코에게 보이지 않도록 지갑을 끄집어내서 1만 엔짜리 지폐를 꺼내 내밀었다. 지갑은 곧바로 주머니에 넣는다. 얼마 남지 않은 돈을 보이고 싶지 않다.

"뭐야?"라며 도시코는 의아한 얼굴을 한다.

"용돈이야."

도시코가 정색하며 그 지폐를 바라본다.

"CD라도 사서 들어요."

"됐어, 연금도 있고, 딱히 돈이 궁한 것도 아닌데."

그렇게 말하는 어머니의 목소리가 떨리는 것을 료타는 알 아차렸다. 아마도, 아니 틀림없이 어머니에게 용돈을 드리는 일은 이번이 처음이었다.

"뭐 어때요, 가끔씩인데."

료타가 짐짓 가벼운 어조로 말했다. 그러자 도시코는 그 1만 엔짜리 지폐를 합장하듯이 양손 사이에 끼우고 머리를 숙인다, 호들갑스러울 정도로. 그러나 곧이어 갑자기 료타를 조르기 시작했다.

"이왕이면 분양 집으로 사 주면 안 돼? 시바타네 집, 비어 있어, 방 셋에 거실까지 딸린 집(3LDK)이야."

임대인지 분양인지는 동 단위로 구별되어 있다. 그것은 구별이라기보다 차별을 낳았다. 시노다 집안은 임대 주택이다. 아이들에게도 '임대'는 멸시의 표현이었다.

어머니가 분양 집을 바라는 이유는 아플 만큼 잘 안다. 민간 임대 주택에 비하면 저렴하다고는 하지만, 지금까지 월세를 내고 있다. 어머니로서 아무래도 그것이 불안한 것이다.

하지만 분양은 아마 1000만 엔 가까이 하리라. 1만 엔을 드리는 것도 망설이는 료타에게는 헛소리로밖에 여겨지지 않는다.

"무슨 바보 같은 소리야. 혼자 살면서 그런 큰 집이 뭐가 필요해."

"하긴……. 그럴 주변머리가 있어야지……."

어머니한테 그렇게까지 딱 잘라 말을 들으면 료타 스스로도 한심해지지만, 또 한편으로는 분했다.

"대기만성형이라고요."라고 허세를 부려 본다.

"시간이 너무 오래 걸리셔서요. 서두르지 않으면 이렇게 돼 버릴 거야."

도시코는 양손을 얼굴 앞으로 축 늘어뜨리고는 유령 흉내를 내면서 "방이 세 개.", "아이고 한이야."라며 말했다.

그렇게 도시코에게 붙들려서, 료타는 결국 점심으로 다누키 냉우동을 먹었다. 귤나무로 키웠다는 나비 사진도 보았다. 그리고 이젠 정말 가야겠다고 말하자 비로소 포기했는지, 신문 묶음 두 덩이를 들고 가라고 시킨다. 무거워서 쓰레기장까지 옮기기가 힘들다는 것이다.

"그야 식은 죽 먹기지."라며 이번에는 화분을 옮길 때처럼 실패하지 않고 1층까지 들고 내려갔다. 중간에 손이 아파서 한 번 쉬기는 했지만.

뒤에서 따라오던 어머니는 계단을 한 칸 내려올 때마다

"으잇쌰."라고 소리를 내며 힘들어하는 것 같았다. 아래까지 내려오자 "숨이 차서 원⋯⋯."이라며 료타 팔에 매달리며 걷는다. 어머니는 늘 엄살스러웠기에 료타는 웃으면서 받아 준다.

문득, 도시코가 엉뚱한 방향을 보며 가볍게 인사를 한다. 덜렁댄다고까지는 못해도 털털하신 어머니가 평소와 달리 다소곳이 인사를 하는 것이다. 료타는 어머니의 시선을 따라갔다.

그러자 그곳에는 고상해 보이는 노신사가 걷고 있다. 이쪽을 향해 다가온다. 풀 먹인 셔츠에 보타이를 매고 중절모를 썼다. 단지에서는 좀처럼 볼 수 없는 품위 있는 남성이었다. 서점과 세탁소 봉투를 양손에 들었다.

어머니와 동년배인 지인쯤 되는가, 라고 료타는 생각했다.

"니이다 선생님." 도시코는 몇 번이고 인사를 하면서, 슬쩍 남성 쪽으로 다가선다.

"아, 네⋯⋯."라며 니이다가 차분한 목소리로 답한다.

"아들이에요. 그 왜, 소설 쓴다는."

도시코는 그렇게 말하며 료타를 소개했다.

"처음 뵙겠습니다."

료타도 고개를 숙인다. 기억을 되짚어 봐도 니이다의 얼굴은 본 적이 없다.

그러자 도시코가 료타에게 설명했다.

"니이다 선생님이셔, 요즘 말이야, 좀 신세를 지고 있거든." 어머니의 목소리가 괜히 들뜬 것 같아서, 료타도 덩달아 허둥대는 기분이다.

"어머니가 번번이 신세를 지고⋯⋯."

인사를 하려고 하자, 니이다가 "아아."라며 손으로 제지한다. 그러나 그 태도가 온화하여 나쁜 느낌은 들지 않았다.

"읽어 봤어요. 제목이…… 뭐였더라. 아무도 없는…….."

"『무인의 식탁』입니다."

"맞다, 맞아, 『식탁』. 그거 실화예요? 사소설인가?"

'정말'로 읽었구나, 라고 료타는 속으로 박수를 했다. 제목은 기억해도 내용은 전혀 모르는 사람도 많다. 료타의 소설은 리얼리티가 핵심이었다. 현실감 있는 일화들을 쌓아 올려서 인간 내면을 그려 냈다는, 그런 서평을 받은 적도 있다.

"아, 일단은 픽션입니다."

"그래요? 누님에 대한 묘사 같은 건 리얼하던데. 시어머니하고 이런 느낌이랄까."라며 니이다는 양손 손가락으로 칼싸움하는 시늉을 해 보였다.

실제로 고부 갈등 이야기는 현실감 있다며 시상 위원에게도 찬사를 받았던 부분이다.

아마도 소설을 자주 읽는 사람이리라. 우리 집 부모님과는 다르다고 료타는 생각했다.

"감사합니다."

"옛날부터 얘가 국어 성적은 좋았어, 그렇지?"

도시코가 주책 없이 칭찬하는 것을 료타가 막으려고 했지만, 니이다는 너그럽게 끄덕였다.

"그렇군요. 될성부른 나무는 떡잎부터 알아본다더니, 어릴 때부터 문재(文才)셨군요."

그렇게 말하고 니이다는 도시코를 향해 "그럼, 이만. 다음 시간엔 베토벤 131번입니다."라며 가볍게 인사를 하고는 멀어져 간다.

"네." 도시코도 조신하게 대답하고는 다시 정중하게 인사를 하며 배웅한다.

걸어가는 뒷모습도 허리가 쭉 뻗어서 보기에도 훌륭했다.

"그런 건가, CD."라며 진상을 알아차린 듯 료타가 웃는다.

"뭐, 좀. 모임이 있어서, 예습하는 거야."

도시코는 창피한 것을 감추려고 짐짓 퉁명스럽게 대꾸했다.

"어디 살아?"라며 료타가 파고든다.

"2-2-6."

"아, 역시 분양인가. 그럴 거 같더라."

"응, 거실에 응접세트도 있어. 이만큼 큰 게."

"가족은? 부인 있지 않아?"

"삼 년 전에 죽었다나 봐, 왜?"

"아니, 세탁물 중에 여자 옷이 보이길래."

"딸 거 아니야? 역시 탐정이시네, 잘도 봐요."

그러나 료타는 고개를 젓는다.

"탐정이 아니라 소설가로서의 관찰력이지."

둘은 단지 센터의 버스 정류소를 향해 나란히 걷기 시작했다.

"그만 됐어요."

"정류소까지만 갈게. 모처럼인데."

"모처럼이라니 무슨 소리야……."

료타의 불평에도 도시코는 웃을 뿐이다. 오랜만에 찾아온 아들과 함께 걷는 일이 즐거운 모양이다.

"저번에 말이야, 여길 걸어가는데 나비가 계속 따라오는 거 아니니."

"뭐? 그 파란 놈?"

"아니, 노란 애. 그래서 네 아버진가 싶어서 '료타 아빠예요?'라고 하니까, 저 자리에 멈추더라고."라며 도시코가 바로 앞 화단에 심긴 동백나무를 가리켰다.

"오호." 료타도 동백나무를 바라본다.

"그래서 말해 줬지. 나 혼자서 행복하게 잘 살고 있으니까, 아직은 데리러 오지 마세요, 라고. 그랬더니 팔랑팔랑하고 저쪽으로 도망을 가데……."

"뭐야, 좀 훈훈한 이야긴가 싶었더니."

"안됐네요."라며 도시코가 혀를 날름 내밀었다.

료타는 그 얼굴을 보고서 어머니가 엷게 화장한 것을 알아차렸다. 좀처럼 드문 일이다. 니이다의 모습이 머릿속에 떠올랐다. 그러나 그것도 좋은 일이려니 하고, 료타는 고쳐 생각했다.

버스 정류소에 도착했지만, 다음 버스가 올 때까지 조금 시간이 남았다. 아직 햇살이 강하지만 역시 가을이긴 하다. 땀이 날 정도는 아니었다.

료타가 어머니에게 "이제 됐어요."라고 해도 도시코는 "가는 거 보고."라며 들으려 하지 않는다.

전차나 버스를 기다릴 때, 료타는 지루한 시간을 때우려고 화젯거리 찾는 것이 질색이었다. 그때 괜찮은 이야깃거리가 생각났다. 이거라면 오래 끌 일도 없을 것이다. 버스가 도착해서 이야기가 도중에 끊어지는 것도 료타는 싫었다.

"맞다. 저기 공원에 문어 모양 미끄럼틀, 출입 금지됐던데?"

"애 하나가 위에서 놀다가 떨어졌다나 봐. 그게 자치회에서 문제가 됐거든."

"그래?"

"그런 건 좀, 네가 봐도 떨어진 쪽이 얼빠진 거 아니니?"

"그건 그렇지."라고 이건 전적으로 동의했다.

료타가 어렸을 때도 발이 미끄러져서 떨어지거나 머리를 부딪친 아이가 있었지만, 그것이 자치회에서 문제가 돼서 사용 금지를 당한 경우는 한 번도 없었다.

도시코가 무심한 척하면서 물어 왔다.

"신고 군은? 가끔씩 만나니?"

신고는 초등학교 5학년이 되는 료타의 아들이다. 성은 시로이시. 료타의 전처 성으로 바꾸었는데, 양육비 5만 엔을 주고 한 달에 한 번 '아버지'가 된다.

"아아, 야구 시작했어."

"걔가 야구를?"이라고 도시코는 의외라는 듯이 말했다. 분명 신고는 스포츠를 잘하는 편은 아니었다. 온순하고 점잖은 편에 속하는 아이였다.

"그래서 글러브를 좀, 저거 해 줄까 했는데 말이야……."

저도 모르게 돈 이야기를 꺼낼 뻔해서 황급히 입을 다물었다.

그때 도시코가 비밀스럽게 목소리를 낮췄다.

"교코는? 잘 지낸대?"

"어어, 늘 그렇지."

시로이시 교코는 료타의 헤어진 부인이다.

"그래……."라는 도시코가 어딘지 쓸쓸해 보인다.

"일이 바쁜 모양이더라고."

"여자가 자기 일을 가지면, 오히려 저거 하지……."

도시코는 그렇게 말하며 한숨을 내쉬었다. 여자가 직업을 가지고 생활력을 갖춘 것이 이혼으로 이어졌다고 생각하는 것이었다. 이 이야기는 위험한 지뢰밭이다. 료타는 버스가 어서 오지 않을까 하여 도로 저편을 바라봤다.

"그렇지, 정말로……."

도시코는 다시 그렇게 말하고 크게 한숨을 지었다.

다행히도 버스가 금세 도착했다.

료타는 기요세 역에 도착하자, 그 길로 전당포를 찾아갔다. 그곳은 아버지가 다니던 '니무라'라는 전당포다. 어머니의 오비를 2만 9000엔이라는 고가에 매입해 준 점이 매력적이었다. 인심이 후한 전당포일지도 모른다.

니무라는 오래된 전당포였다. 골목 안으로 들어가면 판자 울타리를 두른 목조 건물이 나온다. 게다가 부지 안에는 흙벽으로 만든 그럴싸한 곳간도 있다. 건물 미닫이문을 열고 들어가면, 그곳이 접객실이다. 의자가 하나 있고, 유리창을 사이에 두고 맞은편에 전당포 주인인 니무라가 앉아 있다.

료타는 지체 없이 카메라를 꺼내, 유리창 아래에 뚫린 부분으로 들이밀었다.

니무라는 마른 체구를 가진 칠십 대 노인으로, 독특하게도 얼마 남지 않은 하얗게 센 장발을 뒤로 묶어 늘어뜨렸다.

그는 돋보기안경을 내려 걸치더니 눈을 치뜨고 힐끗 료타를 올려다봤다. 그러고는 카메라를 손에 들고 "어디 봅시다."라고 말하면서 한동안 살펴보더니, 필름을 감아 셔터 버튼을 눌러 본다. 셔터는 똑바로 작동하는 듯하다. 이어서 니무라는 초점이나 노출계 따위를 확인하고, 본체에 남은 상처들도 꼼꼼히 살핀다.

"어떤가요? 망가진 데 없죠? 소중하게 저거 해 왔던 터라……."

"음음, 근데, 그래 봐야 3000엔 정도려나."

흥정이라도 해 볼까 잠시 고민했지만, 소용없으리라는 생각이 들어서 "그럼, 그렇게 주세요."라고 말했다.

그러자 다시 니무라가 료타를 물끄러미 바라본다.

"자네, 단지에 사는 시노다 씨네……."

"네, 아들입니다."라며 머리를 숙인다. 그러나 면식이 있을 리 없다.

"그렇구먼. 이 카메라 보니까 알겠더라고."

아버지도 이 카메라를 전당포에 맡겼더랬다는 것이다. 그런데 돈을 주고 다시 되찾아 왔던 물건이었으려니, 생각한 순간에 기억이 났다. 초등학교 때, 운동회 날 아침에 어머니가 카메라가 없어졌다고 야단이었다. 그러자 아버지는 아무 말 없이 어디론가 나가더니, 아무 일도 없었다는 듯이 카메라를 어깨에 둘러메고 돌아왔었다.

그때였다. 아니, 그 후에도 몇 번이고 들락날락했으려나……?

"그거지? 소설 쓴다던."이라고 니무라가 묻는다.

그게, 소설을 쓰지 않으니까 전당포에나 다니는 거라는, 그런 우스갯소리를 할 기운조차 없었다.

"아버지가 꽤 신세 졌던 것 같습니다."라며 쓸데없는 말은 않고 머리를 숙인다.

니무라가 3000엔을 내밀었다. 료타는 그것을 받아 바로 지갑으로 집어넣는다.

"신세랄까……. 그때는 참 난처했지. 아들 수술비가 필요하다고, 제발 좀 사 달라고 너덜너덜한 족자를 들고 와선 말이야."

니무라는 그때 일을 떠올리며 웃는다.

"수술요?"

"어어, 머리 어디에 큰 종양이 생겼다는 거야."

"전 입원해 본 적도 없는데요."

"그렇지! 그럴 거 같더라니."라며 니무라는 웃고 나더니, 가게 안을 향해 "할멈!"이라고 부른다.

그러나 아무 대꾸가 없다.

"그 족자 혹시, 셋슈였나요?

"응, 그랬지, 근데 인쇄된 거였어."

"인쇄요?"

"어. 그래도 통은 진품이었지만 말이야."

통만 진품이었다고?

"그럼 그건 대체 얼마에?"라고 물어보고 싶었지만, 니무라가 재밌다는 듯이 다시 웃기에 입을 다물었다.

"그러더니 다음엔 나았다면서 말이야. 완쾌 축하금을 내라는 거야. 아주 막무가내였어."

분명 막무가내였을 아버지이기에 료타도 쓴웃음을 지었다.

"할멈!" 니무라가 다시 불러 보지만 대답이 없다.

"어디 간 거야……."라고 중얼거리면서 니무라는 안으로 들어갔다.

"인쇄본이었다니……."라고 료타도 한숨을 내쉬며 중얼거렸다.

통만 진품이었다는 것은, 그 안의 물건도 진품으로 가지고 있던 때가 있었다는 말인가, 이런 생각이 료타의 머릿속에서 떠나지 않았다. 내용물만 먼저 골동품상에다 팔고, 그때 통은 남겨 두고 짝퉁을 넣어서 두 번 해먹으려다가, 니무라에게 간파당했던 것인가.

료타는 아버지다운 수법이라고 생각은 했지만, 이번엔 셋슈의 작품을 살 정도의 돈을 어디서 구했을까, 라는 의문이 들었다.

그러나 바로 짐작이 갔다. 도박이다. 얼떨결에 대박이라도 쳤을 터다. 그 돈을 먹고 마시거나 여자나 다른 도박에 쏟아붓지 않은 것이다. 그렇더라도 왜 골동품이었을까. 글씨를 잘 쓰긴 했지만, 해서체 정도나 썼을 뿐 '서예'라고 할 만한 글을 쓰는 건 본 적이 없는 데다 그림에도 흥미 따윈 없었을 것이다.

그렇지 않으면 누군가한테 받았거나……. 하지만 아버지에게 그럴 만한 지인이 있다는 것은 료타로선 생각할 수 없었다. 아무리 생각해도 료타는 그 이유를 모르겠다. 니무라가 말한 대로 아버지는 막무가내였기 때문이다.

료타는 탐정 사무소로는 향하지 않고, 역 앞 파친코 가게로 들어갔다. 3000엔으로 호사스러운 저녁 식사를 할 생각이었으나 순식간에 기계 속으로 빨려 들어가 버렸다. 그날 식사는 우동 두 그릇으로 끝이었다.

2

 료타의 후배인 마치다 겐토가 신주쿠 역 서쪽 출구 길가에 차를 대고 료타를 기다린다. 시간관념이 느슨한 료타는 역시나 약속 시간이 지나도 나타나지 않는다. 이런 것도 이젠 이골이 났다.

 결국 료타가 나타난 때는 약속 시간을 삼십 분이나 넘긴 후였다.

 "미안 미안." 말하며 조수석에 올라탄 료타는 캔 커피를 마시기 시작했다. 옆에서 마치다가 그 모습을 보고 있으니 "마실래?"라며 마시던 캔 커피를 내민다.

 "됐습니다."라고 마치다는 넌더리를 치며 차를 출발했다.

 목적지는 다치가와였다. 상대측에서 역 앞에 있는 다방을 지정한 것이다.

 고슈카이도(甲州街道)는 밀리지 않았지만, 료타가 지각한 탓에 약속 시각인 1시보다 오 분 정도 늦게 도착했다. 게다가 역 앞의 주차장은 어디를 가나 가득 차 있어서 좀처럼 차 댈 곳을 찾지 못했다.

기다리다 지루해진 료타가 "나 먼저 가 있을 테니까, 차 세우고 와."라고 말하더니, 차에서 내려 총총히 다방으로 들어가 버렸다.

마치다는 그로부터 십 분 이상 역 앞을 헤매다가, 간신히 유료 주차장에 차를 세울 수 있었다.

땀을 닦으며 다방에 들어간다. 쇼와 시절의 냄새가 풍기는 케케묵은 느낌의 찻집이었다. 거기서 료타가 한 여성과 마주 보고 앉아 있다. 그들 말고 다른 손님은 없다.

여자는 화려한 복장에 화장도 짙다. 신상 조사에서는 '전업주부'로 되어 있다. 나이는 32세에 기혼. 아이 없음. 이름은 안도 미라이.

마치다는 미라이에게 가볍게 인사를 하고 료타 옆에 앉았다.

"커피 시켜 놨어."라며 료타가 마치다를 향해 빙긋 웃어 보인다. 혼자 캔 커피를 마신 일을 속죄라도 하려는 것 같지만, 커피숍의 커피 값은 경비 처리되므로 료타의 호주머니가 털리는 것은 아니다. 자동차도 회사 것이다.

"그럼, 본론으로 들어갈까요?"라고 료타가 말을 꺼냈다. 진작에 이야기가 됐을 거라 생각했건만 마치다는 맥이 빠졌다. 여지껏 십오 분 동안 여자랑 무슨 이야기를 하고 있었던 건지.

료타는 가방에서 봉투를 꺼내 테이블 위로 밀어 놓았다.

미라이는 괴아한 얼굴로 봉투를 들어 안에 든 사진을 끄집어냈다. 보자마자 얼굴빛이 달라진다.

거기에는 미라이가 외도 상대와 함께 러브호텔에 들어가는 모습이 또렷하게 찍혀 있었다.

"이 정도면, 빼도 박도 못하죠, 러브호텔이라니."

료타가 그렇게 말하며 히쭉 웃는다. 그 웃음에는 사실을 인정하지 않을 수 없는 힘이 실려 있다.

미라이는 잠시 생각하는 듯하더니, 이내 포기하고는 테이블 위로 봉투를 던졌다.

"남편이 시킨 거예요?"

"네."

"말하자면, 나를 줄곧 의심해 왔다는?"

"그런 거 같습니다. 전 남자 친구하고의 관계를."

그러자 미라이는 작게 혀를 차더니 "사돈 남 말 하시네." 라며 뱉어 내듯이 중얼거렸다.

그것을 듣고 료타는 크게 끄덕인다.

"남편분은, 사모님이 외도한 증거를 잡아서 이혼 조정을 유리하게 저거 해서, 최대한 위자료를 주지 않으려는……."

미라이는 다시 크게 혀를 찼다.

"쪼잔하다, 정말 쪼잔해."

"요샌 꽤 있는 일이죠."

료타가 달래기라도 하는 듯이 말하면, 미라이는 커피를 벌컥벌컥 마셔 버리더니 한숨을 내쉬며 천장을 올려다봤다.

"아아, 어디서부터 꼬였다냐, 이놈의 인생은."

마치다는 미라이가 와카야마 현 출신이었다는 것을 떠올렸다. 와카야마에서 오사카, 고베를 거쳐 상경하기까지, 일관되게 호스티스로 살아왔다. 대형 생명 보험 회사에서 근무하는 남편과 결혼한 것이 이 년 전. 쌍륙 놀이였다면 '끝내기'였으리라.

마치다가 다시 한 번 미라이를 보자, 천장을 올려다본 채

53

로 다시 크고 깊은 한숨을 내쉬고는, 도전적인 눈으로 료타를 노려봤다.

"그래서? 왜 이걸 나한테 보여 주는 거지? 당신들."

료타는 봉투를 손에 들고 팔랑팔랑 흔든다.

"이대로 의뢰인에게 저거 해도 무방하지만 혹시 원하지 않으시다면……."

말을 끝맺지 않고 료타가 의미심장한 얼굴로 미라이를 바라본다.

"물론 원할 리가 없죠……."

여기서부터는 마치다가 나설 차례다.

"예컨대 말이죠. 이것을 없었던 일로 해서……."

"그게 가능한가요? 없었던 일로 하는 게?"

"예." 마치다가 답한다.

료타가 미라이에게 얼굴을 가까이 가져가더니 작은 목소리로 "대놓고 말씀드리긴 좀 그렇지만요."라고 말한다.

미라이는 료타와 마치다의 얼굴을 번갈아 보더니 이해한 듯하다.

"얼만데?"라고 미라이는 단도직입적으로, 증거를 없애기 위한 가격을 물어 왔다.

료타는 그에 답하지 않고 설명을 시작했다.

"저희도 남편분에게 보고를 해야 하거든요. 남편분이 의심하고 있는 시간대. 그러니까 사모님이 내연남과 만나고 있던 시간을 어떻게 지냈는지를, 짜고 치는 고스톱이라고나 할까, 조작을 좀 해야 하는……."

료타의 말을 받아서 마치다가 클리어파일에서 사진을 몇 장 꺼내 테이블 위에 펼쳤다. 거기에는 패밀리 레스토랑이나 호텔 로비 등지에 모여서 담소를 나누는 남녀 몇 명의 모습이 찍혀 있다.

"이런 식으로 동창회 모임이라든가 하는 사진을 찍어서……."

이를테면 증거를 없애는 데도 '경비'가 든다는 이야기였다.

미라이는 마치다의 말에 몸을 젖혀 가며 웃어 댔다.

"좋아, 할래요. 재밌겠구먼."

"감사합니다."라고 료타가 기뻐서 말했다.

마치다가 테이블 위에 펼쳤던 '이중 거래용' 증거 사진을 정리하자, 미라이는 '삼중 거래'를 제안해 왔다.

"있잖아, 이왕 하는 거, 이 사진이랑은 별개로 하나 더 부탁해도 될까?"

료타는 즉시 대답했다.

"물론이죠. 요금은 별도로 계산합니다만."

조사 대상자를 만나서 증거 사진을 사도록 한 시점에서부터 이미 공갈에 해당한다. 고소당하지 않도록 대상자와 공모해서 새로운 증거를 조작해 내는 것이다. 하지만 그것도 업무위반으로 위법 행위다. 물론 이 모든 것을 꾸민 것은 료타다. 한두 번 해 본 일이 아니다. 그러나 들키지만 않는다면 누구에게도 피해 가지 않는다는 것이 료타의 주장이다.

그렇지 않다고, 마치다는 반론한 적도 있다. 의뢰인은 조사 비용을 지불했으나 이혼 조정을 유리하게 이끌어 내지 못할 테니 손해를 본 것이라고.

그러나 료타는 '탐정 같은 거나 시켜서 몰래 교활한 짓을 했으니까 천벌 받은 거지.'라는 터무니없는 말로 마치다를 꾀어냈다.

미라이는 새로운 계약을 맺고, 잠시 은행에 다녀오겠노라고 말했다. 물론 증거 인멸 요금 10만 엔을 지불하기 위해서다.

미라이가 가게를 나가자마자 료타가 싱글벙글한 얼굴로 마치다를 바라봤다.

"그럼, 늘 하던 걸로 괜찮겠지?"

"또 고등학교 동창회예요? 매번 같은 걸로 하면 소장님이 의심하지 않겠어요?"

'이중 거래'는 모두 소장에게 비밀로 부쳐졌다. 즉, 고스란히 자신들의 호주머니로 들어가는 돈인 것이다. 하지만 경비는 회사 부담이다.

"그럼, 와카야마 중학교 때 동급생들. 동창회 말고 친구 결혼식 뒤풀이나 대충 뭐 그런 걸로."

마치다는 료타의 안이한 아이디어에 질렸지만, "뭐, 똑같은 것보다야 낫겠지."라며 받아들이기로 했다.

"그럼, 너, 그때 그 어쩌고 하는 아카데미에 전화해서, 저 여자랑 같은 나이대로 엑스트라 네댓 명 모아 봐."

"두당 5000엔이죠?"

엑스트라 일당이다.

"아니, 3000엔이면 돼."

료타는 그 자리에서 가격을 후려쳤다.

뒤풀이 모임이라면 호텔 로비와 가라오케 정도로 충분할 것이다. 조사 대상이 되어서 연기하는 것은 이틀 밤 치이므로, 장소를 바꿀 때 의상만 바꿔 입도록 한다. 의상은 각자 부담이다. 끽해야 세 시간 정도 데리고 다니는 것이다. 시급 1000엔이다. 거기에다 엑스트라들이 먹고 마시는 비용을 넣어도 3만 엔 정도의 경비다.

"거저먹기네요."라며 마치다가 비꼬듯이 말했다.

"바보야, 그게 다가 아니지. 사진 찍는 비용도 들 거 아냐."

"찍사는 저잖아요."

게다가 사진을 뽑아 내는 건 회사 프린터다.

"알았다, 알았어. 너한테도 특별 수당 줄게."

그러면서도 얼마를 주겠다는 소리는 않는다. 애초에 마치다도 기대하지 않았다. 10만 엔은 료타의 아들을 위한 두 달치 양육비다. 지난달에는 입금을 못 해서 전처에게 독하게 잔소리를 들었다며 붉으락푸르락했기에, 이번 달 치까지 합해서 10만 엔이 고스란히 전처의 통장으로 들어갈 따름이다.

그때 미라이가 돌아왔다. 10만 엔이 든 은행 봉투를 내려놓고 의자에 앉았다.

"그럼, 잠시 실례……"라며 료타가 봉투 안에 든 돈을 확인하더니 "금액, 정확하게 받았습니다."라며 고개를 숙인 뒤, 미라이로부터 새로운 안건을 듣기 시작했다.

유료 주차장에 도착하자, 료타는 옆에 있는 편의점으로 들어갔다. 입금하러 들어갔으리라 생각하며 기다리는데, 미라이에게 받은 봉투를 그대로 손에 들고 있다.

"돈 안 보냈어요?"

마치다가 묻자 료타는 생글생글 웃을 뿐이다.

"다치가와 하면 뭘까요?"

료타는 돈 봉투를 손에 들고 완전히 들떠 있다. 마치다는 한심한 생각이 들어서 한숨을 내쉬었다.

"에, 지금요? 가족애를 위해서 그 10만 엔을 쓰는 거 아녔어요?"

"더욱 사랑하기 위해 돈을 불린다고나 할까? 성지에 왔으니, 그냥 지나칠 수는 없지."

다치가와 경륜장이었다. 마치다가 끌려온 건 이걸로 벌써 세 번째다. 편의점에서 료타가 산 것은 스포츠 신문이었다.

"그 대신 사채 빚지는 거, 두 번은 안 해요."

마치다에게 돈 빌리는 것도 어렵게 됐을 때, 료타는 긴급 사태라면서 마치다에게 사채로 5만 엔을 빌리도록 했었다. 그나마 그때는 다음 달 마감일 전에 이자까지 붙여서 갚았다.

"이걸 배로 늘려서 월세도 내고, 아들놈한테 글러브도 사주고 싶단 말이다."

글러브? 마치다가 료타를 쏘아봤다.

"빌려준 1만 엔은 어떻게 한 거예요? 글러브 사 준다고 했잖아요."

"그게……, 여러 가지로 사정이 있어서 써 버렸지 뭐야."

어머니에게 1만 엔짜리 허세를 부리느라고 사라진 것이다.

"네? 셋슈는요? 못 찾았어요?"

"그런 게 있으면 이 고생도 없지."라며 료타는 진절머리 내듯 인상을 구겼다.

"글러브 비싸요. 월세 내고 남은 돈으로 사 줄 수 있는 게 아니라니까요."

"그러면 세 배로 불리면 되잖아. 역시 미즈노지? 아예 미즈노 통째로 사 버릴까?"

지난번과는 다른 패턴이었다. 그때는 일을 마치고 돌아가는 길에 장외 마권장에 들르라고 료타가 시켰지만, 휘발유가 모자라서 들렀다 갈 여유가 없었다. 마치다가 그렇게 말하자 료타는 "쪼잔한 소리 하지 마. 이번 레이스만 이기면 오펙

(OPEC)째로 사 줄게."라고 장담했던 것이다.

당연히 석유수출국기구를 사는 일은 없었고, 빈털터리가 된 둘은 주유소에서 간신히 오 리터를 채워 회사로 돌아올 수 있었다.

"항상 말하잖아요. 그렇게 쉽게 안 된다고."

마치다는 말해 봐야 소용없다고 생각하면서도, 구시렁구시렁 잔소리를 했다.

무모하기로는 전대미문인 료타에게 마치다는 몇 번이고 휘둘렸다. 그러나 마치다는 료타와의 관계를 끊지는 못한다. 일견 막무가내인 료타 내면에 자리한 연약함을 마치다는 이따금 느끼는데, 그때마다 돌아가신 아버지의 뒷모습이 보이는 것이다.

료타는 자동차 조수석에 올라타자마자 기대에 차서 눈빛을 반짝인다.

마치다는 운전석에 올라, 하는 수 없이 차에 시동을 걸었다.

다치가와 경륜장에는 평일 낮임에도 관중이 상당히 들어차 있다.

놀랍게도 료타는 메인레이스가 시작하기도 전에 두 번의 레이스에서 6만 엔을 날렸다. 올 한 해 동안 료타는 도박에 쓰는 금액이 늘었다. 급기야 메인레이스에 남은 돈을 모두 거는 것 같은데도, 마치다에게는 아무 말도 않는다.

메인레이스 출발 시간이 되자, 료타는 "요시다! 요시다!"라고 주변은 상관 않고 큰 소리로 떠들어 댄다. 물론 주변 관중도 야단법석이지만 료타는 덩치가 커서 더 눈에 띈다.

마치다는 그런 료타 뒤에서 우동을 먹고 있다. 레이스에 관심은 없지만, 일단 료타가 응원하는 '요시다'가 검은 헬멧인 것은 알고 있다.

즉, 요시다가 3등 안으로 들어오지 못하면, 료타는 빈털터리가 되는 것이다.

타종 소리가 울리며 마지막 바퀴임을 알리자, 료타는 흥분해서 앞에까지 나아가더니 철망에 들러붙어 소리쳤다.

"요시다, 제쳐! 요시다, 이 자식아!"

요시다는 4등이었다. 료타는 눈을 희번덕거리면서 마치다가 있는 곳으로 돌아오더니 남은 맥주를 단숨에 들이켰다.

그리고 다시 철망으로 돌아가서는, 선수 출입구로 돌아오는 선수들을 기다리다가 "요시다, 야 이놈아. 쫄지 말란 말이야. 근성도 없네! 끝장을 보란 말이야. 끝장을! 쫄보자식 같으니 ……."라며 집요하게 잔소리를 해 댄다.

마치다는 료타에게 이끌려서 여러 가지 도박판을 다녀 봤지만, 경륜만큼 도박꾼들의 야유가 심한 곳은 없었다. 그중에도 료타의 야유는 지독했다. 게다가 제일 장황하기까지 하다.

우동을 다 먹은 마치다는 돌아갈 채비를 했다.

그때 료타가 손가락으로 마치다를 찌른다. 그리고 멋쩍은 웃음을 지어 보인다.

"1만 엔…… 아니, 5000엔만."

"더는 안 돼요."

"너, 잘 들어라. 저 자전거엔 브레이크가 없다고. 그런데 내가 여기서 브레이크를 밟을 수는 없는 거 아니겠나?"

"무슨 상관이에요, 그게."

그렇게 말하면서도 마치다는 웃고 만다.

"두 배로 불려 줄게."

아무리 거절해 봐야 소용없기에, 마치다는 하는 수 없이 주머니에서 마지막 1만 엔짜리 지폐를 꺼냈다. 이제 남은 돈은 6000엔 정도밖에 없다.

"돌아가서 보고서 써야 해요. 안 그러면 소장님한테 혼난다고요."

"어차피 구라로 쓸 건데, 니가 알아서 해라. 앗, 막판 레이스 시작하겠다."라며 료타는 의기양양해서 투표 창구로 향했다.

마치다는 먼저 회사에 들어가 보고서를 쓰려고 주차장으로 향했지만, 이내 그 발걸음을 멈추고 다시 정문으로 돌아간다.

전에도 다치가와 경륜장에 끌려왔을 때, 료타가 먼저 가도 좋다고 해서 돌아갔다가 결국 밤늦게 불려 나왔던 적이 있다. 빈털터리가 되어 세타가야까지 걸어왔는데, 배고프고 힘들어서 도저히 한 걸음도 못 걷겠다면서 패밀리 레스토랑까지 차로 데리러 와 달라고.

틀림없이 오늘도 똑같은 결말이리라.

아니나 다를까, 마치다가 기다리고 있으니, 초라한 행색으로 귀갓길을 서두르는 남자들 속에 한층 더 의기소침한 덩치 큰 사나이가 있다. 료타다.

료타는 마치다를 발견하더니 힘없이 웃으며 "살았다."라고 말하면서 마치다의 팔에 매달렸다.

사무소는 아사가야 역에서 도보로 오 분 정도 거리의 주상 복합 빌딩 2층에 있다. 지하에는 라멘 가게가 있는데 배달은 하지 않아서, 마치다가 쟁반을 들고 가지러 간다. 그러면

잔돈을 깎아 주기 때문이다.

료타는 라멘, 마치다는 라멘에 볶음밥 작은 것. 거기에 교자다. 다만 교자는 료타와 반반이다. 반강제로 빼앗기다시피 한 것이다. 전부 마치다 돈이건만.

사무소엔 소파와 테이블, 탐정소장의 큰 책상 하나가 전부다. 직원은 소장까지 포함해서 네 명뿐인 작은 탐정 사무소다. 료타와 마치다는 소파에 마주 보고 앉아 라멘을 먹고 있다. 현관으로 들어오면 접객용 테이블과 의자가 있지만, 칸막이가 있어서 료타와 마치다의 모습은 손님에게 보이지 않는다.

소장은 손님과 이야기 중이다. 길 잃은 개를 찾아 달라고 의뢰했던 초로의 여성이, 개를 되찾아 준 것에 사례를 하려고 찾아온 것이다.

마치다가 칸막이 사이로 훔쳐본 의뢰인 여성은, 고상한 옷차림에 부유해 보였다. 보답으로 커다란 과일 바구니를 들고 왔다. 상당한 부자이리라.

개는 몰티즈인 거 같았는데, 마치다는 잘 모른다. 지난 열흘 동안 사무소 구석 철창에 가둬 놨더니 하도 깽깽거리며 울어 대서, 업무가 좀처럼 돌아가질 않았다. 시끄러워 죽겠다며 개를 싫어하는 소장이 짜증을 내기에, 마치다가 옥상으로 데리고 올라가 놀아 주곤 했다. 밖에까지 데리고 나갈 수는 없는 노릇이었다.

"이야아, 대단했어요. 젠푸쿠지 강(善福寺川)에 장화까지 신고 들어가서 뛰어다니고, 이건 뭐 범인 검거 작전이 따로 없었다니까요."라며 소장이 개를 품에 안고서 여성에게 설명한다.

소장인 야마베 고이치로는 쉰 살. 십오 년 전에 형사직을 그만두고 탐정 사무소를 열었다. 비쩍 말라서 형사처럼 보이지는 않았으나, 그 뱀 꼬리 같은 눈으로 가만히 쏘아보면 누구라도 벌벌 떨 만하다.

소장이 형사를 그만둔 이유는 마치다도 료타도 알지 못했지만, 사무소 경리 겸 소장 조수인 오구라 마나미가 말하길, 경찰에 들어온 압수품을 착복한 것이 발각됐는데, 당시 크게 문제 삼지는 않았으나 결국 경찰을 퇴직하게 되었다고 한다.

"젠푸쿠지 강은 원체 냄새가 심해요. 안 그래? 시노다."

소장이 료타를 부른다.

"아아, 아직도 구린내가 가시질 않네요, 정말로."

라멘을 삼켜 가며 료타도 장단을 맞추었으나, 강에는 한 번도 들어간 적이 없다. 실종견 전단지를 만들어 전봇대에 붙이는데, 마침 그 강아지가 마치다 앞을 아장아장 걸어가고 있던 것이다. 들어간 비용이라고는 전단지 출력비뿐이다.

"덕분에 감사했습니다."

여성은 몇 번이고 공손하게 머리를 조아린다.

소장이 개를 품에 안고서 "또 가출하고 그러면 안 돼욤." 이라는 둥 강아지를 어른다. 그 얼굴을 강아지가 날름날름 핥아 댄다.

"두 번째 코너를 돌잖아? 그러고 백스트레치라인에서 타종이 울리거든? 그 까랑까랑하는 소리, 그걸 들으면 말이야. 살아 있구나…… 하는 기분이 드는 거야."

칸막이 뒤에서는 료타가 돈 잃은 것도 잊고, 마치다에게 경륜의 '묘미'를 설파한다.

"그때밖에 살아 있구나, 라고 느끼질 못하는 거예요?"

"어어, 못 느껴."라고 딱 잘라 말하기에 마치다는 먹던 라면을 뿜을 뻔했다.

그때 마나미가 라유(고추기름)를 들고 나타났다. 마나미는 마치다보다 세 살 위인 스물아홉 살. 상당한 미인이라 더욱 젊어 보인다.

"라유밖에 없어요. 이건 반찬용으로 먹는 라유네. 이거 언제 적 거람?"

"좀 사 놔라, 유자맛 후추로. 오렌지색 잇푸도 것 있잖아."

"그러면 잇푸도 가서 먹으시던가요. 여긴 밥집이 아니거든요."

"예예."라며 료타는 먹던 스푼으로 라유를 듬뿍 떠서, 교자의 간장 종지에 담았다.

"그래 봐야 도박 아녜요?"라며 마치다가 이야기를 되돌렸다.

"응?"

"그러니까, 경륜 말예요. 료타 선배가 직접 자전거 페달이라도 밟는다면 모를까, 돈이나 거는 일로 살아 있다고 느낀다니……."

"돈이나, 라니? 무슨 말을 그렇게 하냐. 너 지금, 전국 6000만 경륜 팬을 적으로 돌린 거 알아?"

언제나 료타가 말문이 막히면 찾는 단골 멘트다. '6000만의 무슨무슨 팬을 적으로 돌렸다.'라고.

"그렇게 많지도 않아요."라고 마치다도 언제나처럼 맞받아친다. 절반은 포기했지만, 선배를 무시할 수는 없는 노릇이다. 마치다는 초등학교 때부터 고등학교를 중퇴할 때까지 야구를 해 왔다. 그래서 깍듯한 선후배 관계가 뼛속까지 배어 있다.

"누구나 개를 좋아한다고 생각하면 큰 착각이라는 거야."
소장은 손님을 보내더니 노골적으로 싫은 티를 냈다. 잔뜩 혀를 굴린다. 자기 책상에 과일 바구니를 쿵 하고 내려놨다.

개가 핥아 댄 얼굴이 찝찝해서 역시 혀를 굴리는 발음으로 "마나미, 물수건 좀 갖다줘."라고 말했다.

"그거 비싸 보이네요. 다카노 거 아네요?"라며 료타가 과일 바구니를 구경한다.

"어어, 조사비를 열흘 치나 불린 것도 모르고 말이야."라며 소장은 빙긋 웃었다.

의뢰를 받고 이틀 만에 개를 찾은 뒤, 그로부터 열흘 동안 사무소에서 개를 데리고 있으면서 조사 비용을 불려서 청구했던 것이다. 소장은 동물을 싫어했다. 혐오한다고 해도 될 정도다.

마나미가 가져다준 물수건으로 얼굴을 꼼꼼히 닦아 내면서 소장이 료타에게 물었다.

"시노다, 그쪽 건은 어떻게 되어 가?"

'그쪽 건'이란 다치가와에서 만난 미라이의 남편이 의뢰한 정식 수임 건을 말하는 것이었다.

"어떠냐?"라고 료타는 마치다에게 넘겼다.

"그게, 아직은 아무 냄새가 나질 않네요."라며 마치다가 능숙하게 얼버무렸다. 추가 조사가 필요하다는 핑계로 경비도 모두 받아 낼 수도 있다. 이중 거래도, 삼중 거래까지도…….

소장은 언제나처럼 포커페이스로 료타를 물끄러미 바라본다.

"남편이 의심했던 전 남친은?"

료타는 시선을 다시 마치다에게 돌렸다.

"조사해 본 바에 따르면 깨끗합니다. 남편분 의심이 지나쳤던 거 아닐까요."라고 마치다가 막힘없이 거짓말을 보태면서 료타를 슬쩍 봤다.

료타는 고개를 처박고 라멘 국물을 홀짝이고 있을 뿐이다. 소장의 눈빛에 걸려들었다간 금세 횡설수설하고 말아서 보고라면 언제나 마치다에게 맡긴다.

소장은 마치다의 설명에 납득을 했는지, 여전히 물수건으로 얼굴을 닦아 내며 자리에 앉았다.

"믿지를 못하는가 보네요……. 자기 부인인데."라며 마나미가 한마디 한다.

"남자들 그릇이 작아진 거 아냐?"라며 소장의 시선에서 풀려난 료타가 의기양양해서 말하기에 마치다는 쓴웃음을 지었다.

"그런가 보다. 스토커도 죄다 남자들이잖아."라고 소장이 대꾸한다.

"그러게요."라고 말하며 마치다가 료타를 바라보면서 웃는다. 그러나 료타는 그 시선을 외면했다.

"그래도, 그런 사람이 있어 준 덕에 이런 장사도 할 수 있는 거니까."라며 료타는 마치 스토커를 변호라도 하듯이 말했다. 마치다는 그 이유를 알았지만, 아무 말도 하지 않았다.

"시대에 감사해야지, 속 좁은 이 시대에."라고 소장이 집요하리만치 물수건으로 입 주위를 닦아 내면서 말했다.

마치다가 다시 료타의 표정을 살피니, 료타도 어색한 얼굴로 힐끔 마치다를 쳐다본다.

료타는 사무소를 나와서 전차에는 타지 않고 걷기 시작했다. 아사가야 옆에 있는 고엔지에 들르려는 것이다. 전차역 남쪽 출구에 있는 부동산에 볼일이 있었다.

그 부동산은 고엔지 지역 매물을 중심으로 취급하는 작은 가게였다. 회사 이름은 오타니 상사. 입구가 자동문으로 되어 있는데, 거기에 '본고장에서 창립 50년. 부동산이라면 맡겨 주십시오.'라고 쓰여 있다.

료타는 길 건너편에 있는 단란 주점 옆 골목길에 숨어서 부동산을 바라본다.

새시 창이 불투명한 유리라 가게 안은 보이지 않는다.

이윽고 젊은 부부인 듯한 두 사람이 나타나더니 쇼윈도에 소개된 임대 주택 정보를 보면서 상의하는 것 같았다.

그러자 가게 안에서 한 여성이 나타났다. 부동산의 수수한 유니폼을 입고 있지만 한눈에도 뛰어난 미모의 소유자임을 알 수 있다. 큰 눈이 인상적이다. 체구가 작은데도 스타일이 좋다.

얼굴 가득 미소를 띠우며 부부에게 말을 건다. 내용은 알 수 없었지만 "들어오세요, 안에서 천천히 보시죠."라며 권유하는 것이리라.

여성은 료타의 전처인 시로이시 교코다. 서른다섯 살로 료타와는 열한 살 차이가 나는 부부 사이였다.

가게 앞에서 젊은 부부가 망설이고 있자, 교코는 더더욱 미소를 지으며 말을 건다. 억지웃음이 애처로울 지경이다. 그러나 그 미소에 이끌렸을까. 남자 쪽이 무슨 말을 하면서 가게 안으로 들어간다.

어디까지나 접수와 사무 담당이겠지만, 상담 창구에서 계약을 성사시키면 성과급을 받는다. 그걸 위해서 억지웃음까지

지어내는 것이다. 저런 미소는 막 사귀기 시작했던 시절에도 본 적이 없다. 언제나 선선한 표정을 하고 있었다. 그러나 결혼 생활을 보내는 동안 그 선선함은 쌀쌀함으로 바뀌어 갔다.

료타는 쓸쓸하게 담배를 피웠다. 교코는 결코 고액 연봉을 받는 것도 아니다. 이 년 전 이혼했을 때 일하던 점포를 옮기기는 했지만, 이제 부동산업에 종사한 지도 팔 년이다. 아들은 보육원에 보내고 맞벌이를 해 왔던 것이다. 그래 봐야 료타가 일한 것은 얼마 되지도 않지만.

팔 년 동안도 좋아서 일한 것이 아니다. 우연히 알게 된 지인이 부동산업자였는데, 그에게 소개를 받았을 뿐이다. 막연한 동경심이기는 했지만, 소설가를 꿈꿨던 시기가 교코에게도 있었다.

료타가 교코의 대학교에서 열린 문예 창작 강의에 강사로 나갔던 적이 있다. 교코가 그 수업을 들었던 것이다. 수업이 끝나고 자기 책에 대한 감상을 묻자 교코가 "선생님 책은 쓰는 데 시간이 엄청 오래 걸릴 거 같아요."라고 말했다. 그 말 그대로였다. 하나하나 모은 일화를 퍼즐 조각 맞추듯이 하나의 이야기로 맞춰 나가는 데에는 오랜 시간이 필요했다. 료타에게는 최고의 칭찬이었다.

교코는 감각적이었다. 료타는 상상할 수도 없을 법한 감수성으로 소설을 이해했다. 료타는 교코의 아름다운 용모보다도 그 감각에 매료되었다. 나이 차 따위는 아랑곳하지 않고, 료타는 막무가내라고 해도 좋을 만큼 노골적으로 들이댔다. 문학상을 따낸 직후라는 점도 작용해서, 료타는 절정에 있었다. 그 자신감도 그를 보다 매력적으로 보이게 했다.

더구나 소설가를 뜻하는 학생에게 진짜 작가가 빛나 보이는 것은 당연한 일이다. 둘은 사귀기 시작해서 교코가 대학을 졸업하기 전에 동거를 시작했다.

둘은 결혼을 하고 축복 속에 아이도 낳았지만, 소설가가 되고 싶다는 교코의 꿈은 꿈인 채로 끝났다. 아이 키우는 일이 자리를 잡으면, 집안일을 하면서라도 소설을 집필하겠다는 어렴풋한 바람도 포기할 수밖에 없었다. 핍박해 오는 가계를 위해서 일을 해야만 했기 때문이다. 료타는 아무런 도움도 되지 않았다. 오히려 그 반대였다.

친구가 이혼한 이유를 물으면 교코는 "돈."이라고 간결하게 대답했다.

료타는 교코의 모습이 보이지 않게 되자 그 자리를 떠났다. 별다른 용무가 있었던 것은 아니다. 그저 그 모습이 보고 싶었을 뿐이다. 료타가 아사가야의 사무소에 일자리를 얻은 것은, 교코가 근처 고엔지에 살면서 일했기 때문이다.

전차로 고엔지에서 이케부쿠로까지 갔다. 거기서 집이 있는 세이부이케부쿠로 선의 히가시나가사키 역까지는 걸었다. JR을 탔기에 남은 돈은 120엔뿐이다. 이케부쿠로에서 히가시나가사키까지는 150엔이 들기 때문에 탈 수 없었다.

료타는 실로 잘 걷는다. 그것은 즉 가급적 전차 요금을 아끼기 위함이다. 사무소에서 교통비를 지원해 주기 때문에 정기권을 사면 되는 일이지만, 결코 사는 일이 없었다. 전부 생활비로 충당한다. 돈이 없으면 걸으면 된다는 식이다. 그래서 한 시간이든 두 시간이든 걷는 일은 고생스럽지도 않다. 특별히 운동을 하지도 않으면서 중년 뱃살이 없는 것은 가난의 공이 클지도 모른다.

이케부쿠로에서 삼십오 분 만에 아파트에 도착했다. 오코노미야키 가게 옆으로 난 좁다란 비포장 골목길에 들어서면, 거기가 료타의 아파트다. 낡은 목조 아파트 2층에 집이 있다.

옥외 계단을 올라가서 바로 보이는 첫 집이다. 문틈에 메모가 껴 있다. 펼쳐 보니 근처에 사는 집주인이 남긴 것이다. 사 개월째 밀린 월세를 재촉하는 쪽지다.

료타는 그것을 주머니에 찔러 넣고 자물쇠를 연다.

낮에 기온이 높았던 탓에 방 안에 열기가 남아 있다. 료타는 그 구린 냄새에 얼굴을 찌푸렸다. 방이 모서리에 있기 때문에 창문이 많다. 모든 창을 열어젖힌다.

그러자 식은 바깥 공기가 흘러 들어와서 살 것 같은 기분이 든다.

동시에 아래층에서 사람 목소리가 들려왔다. 중앙에 마당을 두고 대각선 맞은편 1층에 아이스라는 이름을 가진 말레이시아인 유학생이 살고 있어서, 가끔씩 모국의 친구들과 술자리를 가진다.

아이스가 료타를 발견하고 손을 흔들었다. 붙임성이 좋은 친구다. 벌써 삼 년을 일본에서 살고 있기에 일본어도 능숙하다. 서른두 살에 해외 유학을 와 있는 걸 보면 명문가의 자제쯤 될 것이다. 실제로 그에게 돈을 빌렸던 적도 있고, 친구들과 술을 마실 때 초대받았던 적도 있다.

"선생, 마시러 올래요?"

이제 료타를 '선생'이라고 불러 주는 사람은, 이 친구뿐이다.

"아니, 일해야 해서 말이야."라며 글 쓰는 시늉을 했다.

"일본 사람은 너무 부지런해."

"아이스처럼 나한테는 용돈 보내 주는 사람이 없으니까."

"그게, 이번 달은 아직 안 왔거든. 그래서 선생한테 못 빌려줄 것 같아."

"뭐야, 기다리고 있었건만."

"당분간 학교 쉬고, 알바로 학비부터 벌기로 했어."

언제나 밝은 표정이었는데, 오늘은 조금 슬퍼 보인다. 고향에 무슨 일이라도 생긴 걸까. 그러나 료타로서는 도움이 되지 않는다.

그때 문득 무언가를 생각해 내고 가방을 열었다. 배를 하나 꺼내서 아이스에게 던져 준다. 배가 아이스의 손으로 빨려 들어갔다. 다카노의 과일을 얻어 온 것이다.

"맛있겠네. 고마워."

"잊지 말아. 담에 또 돈 빌려줘야 해."

"공짜보다 비싼 건 없으니까?"

료타는 피식 웃으면서도 고개를 끄덕였다.

"아, 맞다. 집주인, 찾았어."라며 아이스가 집주인이 사는 쪽을 가리켰다.

"정말?"

"위험해."라며 아이스가 말하자 "위험해, 위험해."라며 친구들 셋이 입을 모아 맞장구친다.

"화음 같은 거 넣지 말아."라고 말하고는 손을 흔들면서 부엌으로 들어갔다.

일이란 물론 소설을 쓰는 것이다. 그러기 위해서는 우선 커피를 한 잔 마셔야겠는데, 커피 원두는 오래전에 동이 났다.

그러나 일단 물부터 끓인다. 부엌 싱크대에는 다 쓴 종이 필터가 몇 개 널려 있다. 세 번째까지는 그나마 향이 난다. 료타는 그것들을 하나하나 집어 냄새를 맡아 본다. 악취를 풍기는 것은 없지만, 향긋한 냄새도 없다. 그중 하나에 희미하게나마 향이 남았다.

그것을 컵에 걸치고 뜨거운 물을 따른다. 희미한 커피 향이 피어오른다.

아파트가 지어진 지는 오십 년이 다 되었다. 보증금과 사례금 없이 월세만 2만 5000엔이라 싼 편이다. 그래도 다다미 4조 반에 부엌도 있다. 욕실은 없지만 수세식 화장실이 딸려 있다.

4조 반짜리 방 안은 꼴이 말이 아니다. 이 년 전에 이혼해서 이 방으로 옮겨 온 뒤로, 한 번도 청소 같은 걸 해 본 적이 없다. 정리도 거의 하지 않는다. 냉장고도 텔레비전도 없다. 라디오는 어딘가에 있을 텐데, 이사 올 때 서랍 어딘가에 넣어 놓은 상태 그대로일 것이다. 벗어 놓은 것인지 빨랫감인지 알 수 없는 옷 더미. 비닐 끈으로 묶은 수많은 책 뭉치들이 바닥에 방치되어 있다. 료타의 잠자리임을 확실히 알려 주듯이 움푹 들어가 있는 이부자리도 시트가 누렇게 변했다.

그러나 방 한쪽 모퉁이만은 깔끔하게 정리되어 있다. 책장이다. 거기에는 책이 가지런히 꽂혀 있다. 그중에 선반 한 칸은 모두 똑같은 책이다. 책 제목은『무인의 식탁』.

료타에게 시마오 도시오(島尾敏雄) 상이라는, 문예 잡지가 주최한 신인상을 안겨 준 소설이다. 수상 당시의 기사가 실린 잡지도 쭉 나열되어 있다. 십오 년 전에 수상한 것인데 새 책처럼 보인다.

그러나 책장에서 그 책 외에는 시노다 료타의 이름이 보이질 않는다. 결국 그로부터 십오 년 동안 한 권의 책도 쓰지 않았다. 아니, 몇 번이고 써 보려고 했다. 그러나 쓰지 못했던 것이다.

수상 직후에는 몇 번인가 집필 의뢰를 받았더랬다. 그러나 쓰지 못했다. 그렇게 되면 출판사로부터도 연락이 끊긴다.

다만 문학상을 주최했던 문예 출판사 한 곳하고만 가끔씩 연락을 주고받는 정도다.

그래도 대학 강좌나 강의에 나가거나 각지에서 열리는 강연에 불려 다니면서 꽤 바빴다. 하지만 잘 알려지지 않은 문학상 수상자라는 위광은 오래가지 않았다. 문학상 자체도 오 년 전에 사라져 버렸다. 그래도 문화 센터에서 주최하는 문학 강좌나 창작 교실 등에서 강사로 연명하는 정도는 가능했다.

그러나 료타는 남을 가르치는 일은 하지 못했다. 애초에 강좌 같은 데서 글 쓰는 법을 배워 본 적이 없었던 것이다. 배우지 않고서는 글을 쓸 수 없다면, 굳이 쓸 필요가 없다고 생각해 왔다.

일단 '시시하다.'라는 생각이 들면 강좌를 휴강해 버리는 일도 잦았다. 그러자 학생들도 모이지 않았다. 자연히 료타는 무직 상태가 되었고, 전부터 좋아했던 도박에 탐닉하게 되었다.

사 년 전에 자신의 통장 예금이 바닥을 드러내자 "소설에 쓸 소재를 찾겠다."라며 탐정 사무소에 아르바이트로 들어갔다. 그러나 그 수입을 모두 도박 자금으로 쏟아부었다. 집에는 거의 들어가지 않고 사무소에서 외박하기 일쑤였다. 교코의 냉담한 눈빛이 싫었던 것이다. 그러다 가끔씩 집에 들렀다. 돈때문이었다. 부부 공동 예금을 깨고, 아들을 위해 들었던 학자금 보험에도 손을 댔다.

그 모든 사실이 드러난 게 삼 년 전. 일 년 동안 숙려 기간을 부여받았지만, 료타는 생활 습관을 바꾸지 못했다. 오히려 더욱 심각하게 도박에 빠져들고 말았다.

료타는 스스로 가족을 버린 꼴이었다.

료타는 커피를 손에 들고 책상 앞에 앉았다. 책상 위는 어수선하고 정체를 알 수 없는 누런 종이들이 산처럼 쌓여 있다. 읽다만 책이나 사전도 있다. 그러나 무엇보다 눈길을 끄는 것은 벽에 붙은 색색의 포스트잇이다. 딱 봐도 백 장은 넘을 것이다. 게다가 상당히 빛바랜 것도 있다. 글을 쓰지 못했던 십오 년. 그동안에도 쓰려고는 했던 것이다.

적어도 그럴 마음은 있었다. 수첩을 꺼내고, 오늘 메모한 말을 포스트잇에 옮겨 적으려고 만년필을 집어 들었다. 그러나 바로 그 손을 멈췄다.

가방을 끌어당기더니, 그 안에서 복권을 꺼냈다. 본가를 뒤져서 들고 나온 복권이다. 휴대 전화로 복권 콜센터에 전화를 걸어 모든 번호를 확인해 본다. 상당한 시간이 걸렸지만 모조리 꽝이었다.

아버지도 당락을 확인했을 터다. 뭐하러 남겨 뒀을까. 셋슈처럼 무언가로 이중 거래라도 할 생각이었을까, 라고 생각하니 문득 소름이 끼쳤다. 다치가와의 찻집에서 돈을 가로챈 것은 그야말로 '이중 거래'였다. 그러나 료타는 "아버지랑 똑같이 취급하지 말라는 말이야."라고 속으로 중얼거리면서 담배에 불을 붙였다. 한동안 복권을 손에 쥐고 있었지만, 결국 한스러운 눈빛으로 담뱃불을 복권에 붙여 버린다.

료타는 다시 수첩을 꺼내서, 포스트잇에 옮겨 적는다. 오늘의 한마디는 '어디서부터 꼬였다냐, 이놈의 인생'이다. 다치가와의 찻집에서 들은 말이다. 일부러 그 배경 같은 건 적지 않는다. 이 포스트잇이 료타의 희망이었다. 이것들이 모두 뒤섞여서 거대하게 부풀어 올라 큰 이야기를 뽑아내기 시작할 때, 거기에 리얼리티가 깃드는 것이다. 사실이 자아내는 이야기는 반드시 사람의 마음을 울린다. 머리로만 상상한 이야기는 어린아이의 괴물 놀이와 다르지 않다.

포스트잇을 붙이고 료타는 원고 용지 앞에 앉았다. 그러나 이야기는 움직일 기세를 보이지 않는다. 그저 원고 용지에 '셋슈'라고 휘갈겨 쓸 뿐이다.

3

다음 날 아침, 료타는 이불 속에서 눈을 떴지만 몸이 굳었다. 현관에서 노크 소리가 들린다. 숨을 곳을 찾아 주변을 돌아본다. 그러나 함부로 움직이지는 않는다. 문 옆 무늬유리에 사람 모양이 어른거린다. 남자다. 집 안을 살펴보더니, 다시두드린다.

금방이라도 숨이 멎을 것만 같다. 집주인인가?

"료타 선배, 마치다예요."

료타는 안도의 한숨을 내쉬고 문을 열었다.

"잘 주무셨어요?"라며 마치다가 웃는 얼굴로 인사한다. 오늘은 슈트가 아니라 청바지에 재킷을 입은 가벼운 차림새다.

"너 임마, 처음부터 이름을 밝히라는 말이야. 놀랐잖아."라며 료타는 신경질을 낸다.

그러나 마치다는 개의치 않고 오히려 놀리듯이 묻는다.

"뭐 받으러 온 줄 알았어요? 전기? 가스?"

"이야…… 이젠 뭐 이건지 저건지도 모를 지경이다."라며 료타가 너무나도 안쓰러운 소리를 하기에, 마치다는 하하하 큰 소리로 웃었다.

료타도 따라 웃을 수밖에 없었다.

옷을 갈아입는 료타의 뒤로 보이는 책상 위에 놓인 원고 용지에는 '셋슈' 두 글자 외에는 아무것도 쓰여 있지 않다. 어제도 쓰지 못한 것이다.

다마가와의 둔치에 있는 야구장에는 아이들과 그 부모들이 모여 있다. 태풍이 가까워진 탓에 기온은 높았지만, 하천을 넘어 불어오는 바람은 시원해서 가을 느낌이 났다.

둔치 제방에 나란히 앉은 부모들 중에는 교코의 모습도 보인다. 햇살이 강해서 양산을 받쳤다. 푸른색 셔츠에 면바지를 입은 편한 복장이다. 그녀 옆에는 덩치 큰 남자가 앉아 있다. 키는 료타보다 얼마간 작아 보이지만 살집이 좋아서 박력이 있다. 그리고 얼굴 생김새도 이목구비가 뚜렷해서 누가 봐도 고집이 세 보인다.

교코의 애인인 후쿠즈미 가오루였다.

요즘에는 시합 중에 부모가 소리를 치거나 하지 않는 것이 암묵의 룰로 지켜지고 있다. 좋은 플레이에는 박수를 하는 정도다. 특히 상대 팀에게 야유를 보내는 것은 매너 위반이다.

그러나 후쿠즈미는 큰 소리로 야유를 날리고 선수가 실수라도 하면 "똑바로 못 해!"라며 크게 꾸짖기까지 한다. 주변 보호자들이 따가운 눈총을 보내도 개의치 않는다. 오히려 보다 큰 목소리로 선수들을 부추긴다.

옆에 앉은 교코가 몇 번인가 후쿠즈미를 말려 보지만, 그럴 때마다 후쿠즈미가 장난으로 받아치는 바람에 교코도 웃어 버리고 만다.

햇살이 강한 탓에 부모들이 몰고 온 차들은 다리 아래 그늘에 죽 늘어서 주차돼 있다. 그 사이에 야마베 탐정 사무소의 자동차가 숨어 있다. 차 안에는 료타와 마치다가 앉아 있다. 마치다는 쌍안경으로 시합을 보는 데 열중한다.

"저 투수, 공 좋네요."

한편 료타의 쌍안경은 후쿠즈미와 교코에게서 눈을 떼지 못한다. 그리고 "어째서 저런 놈이……"라며 연신 투덜거린다. 어지간히 분했는지 처음 보는 남자의 생김새부터 태도까지 하나하나 트집을 잡아서 시끄러울 지경이다. 전처에게 애인이 생겼다는 것을 아들인 신고가 실수로 말해 버리는 바람에, 료타가 알게 된 게 한 달 전이라고 한다.

마치다가 쌍안경을 내려놓고 후쿠즈미의 신상 조사 결과를 살펴본다.

즉, 료타는 전처의 뒤를 미행하고 있는 것이다. 심하게 말하면 스토킹이다. 마치다는 료타가 빌다시피 부탁을 하여 돕고 있다.

"사귄 지 얼마 안 되지 않았어? 너무 빠른 거 아냐? 둘이서 애 야구 시합이라니."

료타의 말에 마치다는 끄덕이며 조사 보고서를 들여다본다. 이날은 수요일이지만, '추분의 날'로 공휴일이었다. 후쿠즈미와 교코는 같은 부동산업 종사자다. 부동산업계는 보통 수요일에 쉬기 때문에 이날을 골라 둘이서 관전하러 온 거라고, 마치다는 추측했다. 그러나 료타의 아들인 신고는 시합에 나설 기미가 보이지 않는다. 등 번호 17번은 후보 상태로 벤치만 덥히고 있다.

마치다는 다시 한 번 보고서를 살펴봤다. 지인의 탐정 사무소에 부탁하여 특별히 싼 가격에 조사를 했던 것이다.

"작년 가을부터라고 하니까, 벌써 일 년인데요. 사건 지 얼마 안 된 게 아니네요."

료타는 대꾸를 하려고도 않는다. 후쿠즈미를 잡아먹을 듯이 노려볼 뿐이다.

그때 아들인 신고가 타석으로 향한다. 마치다가 료타에게 "아들, 나왔어요."라고 알려 주지만 무시당했다.

신고는 새로 산 것처럼 깨끗한 유니폼을 입고 타석에 섰다. 작은 체구에 선이 가늘고 얼굴 생김새도 귀엽다. 5학년이라기에는 어려 보였다.

"신고! 신고! 힘내!"라며 후쿠즈미가 응원한다.

신고는 창피한 얼굴로 후쿠즈미를 보더니 이내 시선을 투수에게 돌린다.

"어디…… 남의 아들 이름을 함부로……."라며 료타가 다시 분노한다.

마치다가 보고서를 보면서 "야마노우치 부동산이면 엄청 큰 데네요."라고 말했다.

교코와 후쿠즈미가 만난 계기까진 알아보지 못했지만, 거저나 다름없는 비용으로 조사를 부탁했기에 불평할 수는 없다.

그러나 같은 부동산업에 종사한다는 사실로, 접점이 있었으리라는 것은 쉽게 상상할 수 있었다. 후쿠즈미는 서른여덟 살의 독신에 결혼 경력은 없다. 주소는 나카노 역 근처에 있는 분양 맨션이다. 꽤 비싼 집일 것이다.

마치다는 쌍안경으로 후쿠즈미를 다시 한 번 주시했다. 편한 복장이지만 분명 비싸 보이는 옷이었다.

"우와, 연 수입이 1500만 엔이래요."라며 마치다가 놀란다.

"어차피 얍삽한 알박기 따위나 하겠지. 남의 불행을 밥줄로 삼기나 하고."라며 료타가 내뱉듯이 말했다.

'알박기'는 이미 사라진 말인 데다, '남의 불행을' 도박 밑천으로 삼는다는 것은 료타도 똑같다고 지적하고 싶었지만, 쓴웃음을 짓는 걸로 그만뒀다.

"뭐?" 료타가 언짢은 얼굴로 마치다를 쏘아본다. 자가당착임을 전혀 모른다.

신고는 첫 번째 공을 흘려보내고 스트라이크를 빼앗겼다. 배트를 휘두를 기색도 보이지 않는다.

"안타, 안타, 피처, 쫄았네!"라며 후쿠즈미가 역시나 큰 목소리로 외친다.

그 목소리에 료타가 불쾌한 듯이 얼굴을 찌푸렸다.

"벌써…… 했을라나……."라며 마치다에게 묻는다.

마치다는 시합을 보는 데 열중한 척하면서 시치미를 뗐다.

"응? 어떻게 생각해? 했을까?"라고 료타가 재차 묻는다.

보고서를 료타에게 보여 주며 마치다가 얼버무렸다.

"여기 고등학교, 야구부가 엄청 세요. 저, 고등학교 때, 콜드로 졌는걸요."

유명 사립대 부속 고교였다. 고시엔에도 나간 적이 있다. 후쿠즈미는 그 고등학교 야구부였다. 그대로 대학교에 진학한 뒤 야마노우치 부동산에 취직했다.

료타는 포기하였는지, 다시 쌍안경을 들여다본다.

독신의 성인 남녀가 사귀고 일 년이나 지났다. 성관계가 없었을 리가 없다고 마치다는 생각했다.

그러나 "했겠죠."라고 대답했다가는 "왜지?", "어째서?"

라며 답할 수 없는 질문에 시달려, 결국에는 말도 안 되는 이유로 잔소리만 듣고 말 것이기에 절대로 말하고 싶지 않았다.

신고는 삼구 삼진으로 아웃당했다. 배트를 휘두르려고도 하지 않았다.

"멍하니 보고만 있으면 안 되지! 휘두르라고!"라며 후쿠즈미가 다시 큰 소리로 신고를 나무랐다.

"돈 마이! 돈 마이!(괜찮아! 괜찮아!, Don't mind!)"라며 교코가 응원해 주었지만, 신고는 표정 하나 바꾸지 않고 그대로 수비 위치로 향했다.

"바보 자식, 우리 아들은 포볼을 노렸단 말이다."라고 말하는 료타를 보면서, 마치다는 '아들바보'라는 말을 떠올렸다.

"뭐?"라며 료타가 시비를 걸어온다. 심기가 불편해 보인다.

"앗, 글러브, 사 줬나 보내요."라며 마치다가 우익수 쪽을 향해 달려가는 신고를 보면서 말했다.

"으윽." 신음하며 료타가 쌍안경으로 신고의 글러브에 초점을 맞춘다.

"미즈노잖아."라며 료타는 탄식하는 듯한 목소리로 말하더니 한숨을 지었다.

마치다는 소리 내서 웃을 뻔한 것을 간신히 참아 냈다.

미즈노 글러브가 활약할 기회는 오지 않았다. 오른쪽 외야를 맡은 신고 쪽으로는 공이 날아오지 않았던 것이다. 시합은 그대로 끝났고, 신고의 팀이 큰 점수 차로 지고 말았다.

시합이 끝나자, 교코와 신고는 후쿠즈미의 차에 올라탔다. 7인승 미니밴이다.

마치다가 운전하여 후쿠즈미의 차를 뒤쫓는다. 조수석의 료타는 두 눈을 불태우며 검은 미니밴을 주시한다.

후쿠즈미의 차는 고라쿠엔을 향해 달렸다. 이윽고 후쿠즈미가 차를 세운 곳은 도쿄돔 시티의 스포츠 센터였다. 실내 골프장이며 배팅 연습장, 볼링장 등의 시설이 있다.

지하에 넓은 주차장이 있어서, 마치다는 조금 시간을 두고 주차장 안으로 차를 몰았다. 하지만 삼십 분에 400엔이라는 꽤 비싼 금액이다. 마치다가 그 금액을 손으로 가리키자 료타는 빙그레 웃을 뿐이다. 당연히 돈 낼 생각은 없다. 마치다는 한숨을 쉬며 주차를 했다.

숨어서 보고 있자니 교코와 신고가 후쿠즈미의 뒤를 따라간다.

"다녀올게요."라며 마치다가 차에서 내려 뒤를 쫓는다.

후쿠즈미 일행의 목적지를 알아낸 뒤, 마치다는 곧장 차가 있는 곳으로 돌아왔다.

"야구 연습장으로 들어갔어요. 신고 군한테 가르쳐 줄 생각인가 봐요."

료타는 인상을 찌푸렸다. 아들이 다른 남자에게 꾸지람을 듣는 게 싫은 것이다.

심기가 불편하던 료타의 얼굴에 웃음이 피어났다. 신고가 타석에 서기를 싫어하는 것이었다. 후쿠즈미가 어떻게든 설득해서 치게 해 보려고 하지만, 신고는 완강하게 거부한다. 자칫 험악해질 뻔한 분위기를 누그러뜨리려고 "그럼, 내가 해 볼래."라며 교코가 배트를 잡고 타석으로 향했다.

료타와 마치다는 타석 레인 제일 끄트머리에 있는 투구

연습장에서 공 던지는 시늉을 하며 교코 쪽을 훔쳐본다.

교코가 "간다!"라는 둥, 익살맞게 큰 소리를 낸다. 배트에 공이 맞으면 "꺅!" 소녀같이 비명을 지른다.

그러자 이번엔 "좋아! 시범을 보여 주지. 잘 봐, 허리로 때리는 거야. 허리로."라고 후쿠즈미가 말하며, 교코에게 재킷을 벗어서 건네고는 타석에 들어선다.

교코가 그 재킷을 받아 소중하게 개어 놓는다. 정성스럽게, 사랑스럽게.

첫 번째 공부터 경쾌한 소리를 내며 쳐 냈다.

"우와!" 하며 교코가 흥분된 목소리를 높인다. 신고도 눈을 부릅뜨고 지켜본다.

이어서 다시 배트가 바람을 가르며 공을 쳐 내면서 시원한 소리를 낸다.

교코는 "어머!" 하며 역시 감탄을 터뜨린다.

그런 교코와 그 옆에 개어 놓은 후쿠즈미의 재킷을 료타는 잠자코 바라보고만 있다.

교코 일행은 오다이바의 베이사이드에 있는 커다란 호텔로 들어갔다. 마치다가 확인하러 다녀오더니, 고급 프랑스 요리 레스토랑에 들어갔다는 것이다.

"디너 한 사람에 1만 5000엔부터라네요."라며 웃는다.

"시끄러."라며 료타는 마치다를 쏘아보더니, 저녁밥으로 편의점 삼각 김밥이나 사다 달라고 시킨다. 물론 지갑을 꺼내는 시늉도 하지 않는다.

"네네."라며 마치다는 편의점으로 향했다.

도쿄 만을 향한 레스토랑 테라스에서 보이는 야경은 훌륭했다. 수많은 불빛이 반짝거리는 것에 지나지 않았지만, 어렴풋이 피어오르는 호수 내음과 더불어 특별한 기분을 느끼게 했다.

교코는 호수에서 불어오는 바람이 뺨을 어루만지는 듯한 상쾌한 기분을 만끽하고 싶었지만, 후쿠즈미는 여전히 머리에서 야구가 떠나지 않는 것 같다. 신고에게 연신 야구의 '마음가짐'을 설교한다. 야구 실력을 칭찬한 것이 좀 과했나 싶어서 교코는 후회했다.

후쿠즈미는 솔직한 사람이다. 칭찬해 주면 기뻐하고, 지적하면 물러설 줄도 안다. 하지만 너무 들떠서 과할 때가 있다. 오늘은 그 화살이 신고를 향했다.

"대타가 공을 흘리다니 제일 아까운 짓이지. 인생이랑 똑같아. 승부를 봐야지."

후쿠즈미가 아무리 열변을 토해도 신고는 주눅 든 얼굴로 입을 다물었다.

"다음엔 잘하자?"라며 곤란해진 교코가 수습해 본다.

"…… 그냥 난, 포볼을 노렸던걸."

의외의 답변에 교코도 놀랐지만, 후쿠즈미는 "뭐?"라며 역시 큰 소리를 내며 놀랐다.

"그런 식으로는 일루에 나가 봤자 영웅이 될 수 있겠어?"

신고는 후쿠즈미의 얼굴을 보려고도 않은 채 "별로 되고 싶지도 않은걸."이라고 말했다. 심통이 나서 그러는 게 아니다. 진심으로 그렇게 생각하는 것이다.

그때 점원이 나타났다.

"식사 준비가 끝났습니다. 자리로 모시겠습니다."라고 말한다.

레스토랑 안은 자리가 거의 다 찼다. 인기 있는 레스토랑인 것이다. 후쿠즈미가 예약한 자리는 창가 쪽이라 전망이 최고였다.

"그럼, 신고한테는 영웅 같은 거 없어? 존경하는 사람이라든가 말이야……."라며 후쿠즈미가 여전히 캐묻는다.

교코는 걱정이 됐지만, 후쿠즈미 나름대로 신고와 소통하려고 노력하는 것이려니 생각했다.

그런데 신고는 무뚝뚝한 얼굴로 "할머니."라고 답한다.

"응? 입시 면접에선 존경하는 사람으로 가족 얘기하면 안 좋은데."라며 후쿠즈미가 말한다.

신고는 '입시'를 치러 본 적도 없지만, 중학교 입시는 생각해 본 적도 없다. 후쿠즈미가 왜 그런 말을 꺼냈는지, 교코는 알지 못했지만 "아……, 그렇구나."라고 맞장구를 쳤다.

신고가 자기 자리에 앉지 않고 테이블을 지나쳐 가 버린다.

"화장실?"이라며 교코가 묻는다.

"응." 신고는 철저하게 자기 페이스다.

"괜찮겠어?" 후쿠즈미도 신고에게 묻는다. 역시 신고를 신경 쓰는 것이다.

신고는 등진 채로 "괜찮아."라고 대꾸하며 화장실로 향했다.

두 사람만 남게 되자 후쿠즈미가 입을 열었다.

"할머니네 집에 자주 가?"

아무렇지도 않은 척하면서도 무언가를 살피는 어조다.

"응, 가끔……."

교코는 료타에 관한 이야기를 최대한 피하려고 한다.

"이제 그만 만나면 안 돼?"

"안 되는 건 아니지만, 신고가 잘 따라서⋯⋯."

어쩐지 변명하는 것처럼 돼 버렸다.

"자기는 어머니도 빨리 돌아가셔서, 딱히 막고 싶은 건 아닌데⋯⋯."

"고마워. 우리 집 엄마랑은 전혀 다른 타입이시긴 하지만⋯⋯."

역시 뒤끝이 개운하지 않다. 후쿠즈미가 다시 물어 온다.

"어머니는 그렇다 치고, 이혼한 그 사람하고는 이제 끝난 거지?"

료타에게 더 이상 마음이 없다는 것은 후쿠즈미에게 이미 충분히 설명했다. 후쿠즈미가 신경 쓰는 것은 신고였다.

"응." 대답했다가 다시 "글쎄⋯⋯."라며 유보해 두고 싶은 마음이 들었다.

후쿠즈미에게 확답을 해 버리면, 신고에게 아빠를 만나지 말라고 명령이라도 해야 할지 모른다. 그래서 주저하게 되는 것이다. 괜히 그랬다가 거꾸로 신고가 아버지를 만나고 싶어 하게 되지는 않을까, 라고.

그러자 후쿠즈미의 눈빛이 예리해졌다.

"신고한테도 좋지 않다고 생각해. 이렇게 말해서 미안한데⋯⋯, 뭐랄까 그런 사회적으로 제대로 되지 못한 남자를 만나는 게 말이야."

갑자기 튀어나온 입시 이야기도 드디어 그 의미를 깨달았다. 신고를 자신의 아들로서 키울 비전을 그리고 있는 것이다. 후쿠즈미는 명문 사립 초등학교에 들어가서 에스컬레이터를 탄 것처럼 대학까지 올라갔다. 아마 신고에게도 그 길을 걷도록 하려는 것이다.

"응, 그래도……"라며 교코는 망설였다.

후쿠즈미는 입을 다문 채 똑바로 교코의 눈을 바라본다. 결심을 재촉하는 것이다.

"그래도 원래는 소설가인걸. 지금은 조금 저거 하지만……."

"아마존에서 사서 읽어 봤어. 상 받았다는 거."

이것은 의외였다. 후쿠즈미의 집에 갔을 때, 그의 방에 소설책이라고는 한 권도 없었다. 비즈니스 계발 관련 책들밖에 없었던 것이다.

"어땠어?"

"시간 낭비라고까지는 할 수 없어도 좀, 테마가 뭔지 잘 모르겠더라, 나는."

무어라 대답해야 할지 몰랐다. 그것은 교코가 늘 소중하게 지켜 왔던 것이었다. 절실한 언어로 주고받는 대화가 자아내는 인간의 우매함과 잔혹함, 아름다움 그리고 희미한 희망. 교코는 이 이야기를 사랑했다. 언젠가 자신도 이런 이야기를 만들고 싶다고 바랐던 시절도 있었다. 료타가 생활인으로서는 실격이었다고 해도『무인의 식탁』은 그런 교코에게 목표와도 같은 책이었다. "잘 모르겠다."라는 말에 동의할 수 없었다.

기분 상하지 않도록, 비꼬는 것으로 들리지 않도록 교코는 애매하게 대꾸했다.

"……그건 그럴 수도 있겠네."

후쿠즈미는 자신에게 동의했다고 생각하여 "역시 그렇지 않아? 그렇지."라고 말하며 웃었다.

화장실은 레스토랑 밖에 있었다. 호텔 안 공공 구역이다.

신고가 넓은 화장실로 들어가니 안에는 아무도 없었다.

소변을 보는데 등 뒤로 인기척이 났다. 그 그림자가 옆자리에 섰다. 게다가 신고의 가랑이 사이를 들여다보고 있다.

"오, 많이 컸구나."

료타였다. 신고는 놀라서 소리를 칠 뻔했다가 곧바로 "여기서 뭐해?"라며 차가운 눈빛을 쏘았다.

"함께 있어도, 함께 있지 못해도, 아빠는 언제나 널 지켜보고 있단다."

"스토커잖아, 그거."

"아빠한테 스토커라니!"

신고는 더 대꾸하지 않는다.

"저게 남친이야?"

"응."

"어떤 녀석이야?"

신고는 잠시 생각하더니 "목소리가 커."라고 답했다.

"에이, 그건 좀 창피하겠네."

아버지가 이해해 줬다는 사실이 기뻤는지, 신고가 크게 끄덕였다.

"엄마는 결혼한대?"

"몰라."

"다음에 한 번 물어봐."

"응." 신고는 지퍼를 올리더니 "갈게."라고 말했다.

"오우, 일요일에 봐."라고 기세 좋은 목소리로 응한다.

신고는 세면대에서 손에 물만 묻히듯이 씻고는 레스토랑으로 돌아갔다.

그러다 곧바로 헐레벌떡 돌아왔다.

"돈은? 괜찮아?"

엄마에게 듣는 아버지 얘기라고는 돈 이야기뿐이군, 료타는 생각했다. 전에는 교코도 신고 앞에서는 돈 이야기를 하지 않으려고 했지만, 이혼을 결심한 뒤로는 서슴없이 돈 이야기를 하기 시작했다. 당연하다면 당연한 것이다. 료타는 신고를 방패 삼아 돈 이야기로부터 도망칠 궁리만 했기 때문이다.

"그럼! 걱정 말아."

신고는 엷은 웃음을 짓고는 다시 돌아갔다. 어른스러운 웃음이었다. 무언가를 포기라도 한 것 같은.

그 웃는 얼굴의 잔상이 료타의 머리에서 떠나질 않았다.

교코와 신고가 사는 곳은, 고엔지 역에서 걸어서 이십 분 정도 거리에 있는 작은 아파트. 목조 건물은 아니지만 건축 연수는 삼십 년 이상 지났다. 옥외 계단을 올라가서 2층 모서리 집이다. 방이 두 개에 주방, 욕실과 화장실이 딸렸는데도 월세는 5만 엔 정도로 저렴한 수준이다. 이혼 후에 일로 만나 알고 지낸 집주인으로부터 직접 빌렸다.

그래도 교코의 월급만으로 살아가기에는 빠듯했다.

"머리, 만지지 말라고."라며 차 안에서 료타가 씩씩거리며 말했다. 차를 그림자 뒤에 세우고, 교코 일행의 모습을 지켜보는 중이다. 아파트 앞에 후쿠즈미가 차를 세워 놓고, 신고와 교코에게 작별 인사를 한다.

여기까지 오는 동안 "자고 가거나 하진 않겠지?"라든가 "뭐하는데 이렇게 늦게까지 어린애를 데리고 다니는 거야. 야구 하느라 피곤한데."라는 등 료타는 끊임없이 불평불만을 늘어놓았다.

"빨리 좀 안으로 들어가라."라며 료타는 원망스러운 말을 멈추지 않는다.

그러다 드디어 후쿠즈미가 차에 올라타자, 교코와 신고는 아파트 계단을 올라갔다.

료타는 크게 한숨을 내쉬었다.

"차라리 모르는 편이 낫지 않았을까요? 상대 남자가 누구인지 같은 건."

마치다의 말에 료타는 다시 큰 한숨을 짓는다.

다음 날 아침 일찍부터 료타에게 반가운 전화가 왔다. 과거에는 문예지를 담당했으나 지금은 코믹스 편집부로 옮긴 미요시로부터 온 전화였다. 한 번 만나서 일 얘기를 해 보고 싶다는 것이었다.

료타는 사무소에 휴가를 내고 한 벌뿐인 슈트를 몸에 걸친 뒤 서둘러 출판사로 향하려다가, 퍼뜩 떠올랐다. 돈이 없었다. 주머니에는 120엔밖에 없었다.

웃옷이며 바지 주머니를 샅샅이 뒤졌다. 그랬더니 다 합쳐서 100엔짜리가 두 개, 10엔짜리가 두 개다. 거기에 5엔과 1엔짜리로 20엔 정도가 모였다. 갈 수는 있겠으나 돌아오기엔 돈이 모자란다.

한 가지가 떠올랐다. 긴급할 때를 대비해 키홀더의 작은 주머니에 1000엔짜리 지폐를 작게 접어서 넣어 둔 것이다. 이혼한 뒤로 열쇠는 하나뿐이었기 때문에, 키홀더는 쓰는 일 없이 책상 위에 내버려 둔 채였다. 허둥지둥 열어 보니 그 속에 1000엔짜리 지폐가 들어 있다. 기도하는 마음으로 그 지폐를 펼쳐 본다.

이케부쿠로까지 걸어가면 요요기까지 160엔이니까 충분히 제때 도착할 수 있다.

료타는 안심하며 집을 나섰다.

약속한 11시보다 십 분 빨리 출판사 코믹스 편집부에 도착했다. 그러나 미요시는 회의 중이어서 편집부 빈자리에서 기다리게 되었다. 응접실로 안내를 받는다거나 하는 일은 없다. 젊은 직원이 커피를 내왔는데 금방 마셔 버리고 말았다. 역시 재탕 삼탕한 커피와는 다르게 맛이 있다. 한 잔 더 마시고 싶었지만, 편집부 사람들은 모두 바쁘게 움직이고 있기에 누구도 료타에게 눈길을 주지 않는다.

료타는 자신이 멍하니 앉아 있는 것에 점차 불편함을 느끼기 시작했다. 시간은 11시 10분을 지났다. 글을 쓰지 않는 소설가 따위, 이런 취급인가, 라고 생각하는데 "시노다 씨."라며 미요시가 나타났다.

"죄송해요. 제가 만나자고 해 놓고 기다리시게 했습니다." 미요시는 옆자리 의자를 끌어다 앉으며 말했다.

"아뇨, 좀 전에 도착했어요."라며 료타는 고개를 숙이고는 이어서 말했다.

"일전에는 죄송했습니다. 도움은 되지 못하고 밥만 얻어먹어서……."

미요시는 순수한 소설 애호가였다. 료타와는 나이도 가깝고 문학 취향도 잘 맞는다. 아직 문예지를 담당하고 있을 때는 마찬가지로 동년배 편집자인 사사베와 셋이서 곧잘 한잔하러 다니기도 했다.

료타가 완전히 소설을 쓰지 않게 되면서 조금씩 소원해졌다. 그러나 미요시는 이따금 료타를 불러내 식사를 대접하곤 했다. 이미 사회적으로 작가라고는 할 수 없는 료타에게 접대라는 건 허락되지 않는다. 모두 미요시의 쌈짓돈인 것이다.

"근데, 그 집 영 별로였던 거 같아요. 속이 좀 더부룩하지 않던가요?"

미요시는 코믹스 편집부 부장을 맡고 있지만, 쌈짓돈으로 고급 음식점에 데려갈 정도는 아니었다.

"아뇨, 아뇨, 너무 맛있게 잘 먹었습니다."

오랜만에 맛본 고기였다. 어떤 대중음식점이었어도 맛없다고 느낄 리 없었던 데다, 더부룩한 것도 없었다. 굶주린 위장이 음식 하나 남기지 않고 흡입해 버렸다.

"있잖아요, 시노다 씨, 만화 원작 같은 데는 흥미 없으실까…… 해서요."

"만화요…….."라며 료타의 얼굴이 흐려진다.

"에에, 지금, 인기 급상승 중인 이시지마 데쓰지라는 만화가 있는데, 이번에 저희《코믹 펀치》에서 도박 이야기를 연재하기로 했거든요. 그쪽으로 잘 아시는 분을 찾다가 시노다 씨가……."

"뭐……, 잘 아는 건 사실이지만……."라며 료타는 머뭇거린다.

"어떠세요? 새로운 모래판에서 승부를 펼쳐 보는 것은? 알바라고 생각하시고."

"알바라는 말이죠……."

"그게, 수입도 꽤 짭짤할 거예요."

미요시도 료타의 주머니 사정을 알고 있다. 미요시가 상처 주지 않도록 단어를 골라서 말한다는 사실을 료타도 안다.

미요시는 자신의 책상에 준비해 뒀던 이시지마의 단행본 만화 네 권을 료타 앞에 놓았다. 야구 만화였다. 눈이 큼직하고 선이 가느다란 소년이 공을 던지려고 크게 팔을 휘두르는 모습이 표지에 그려져 있다.

손에 들고 훌훌 책장을 넘겨 본다. 그렇게 봐도 대강 내용을 알 수 있을 법한, 평범한 만화라는 생각이 들었다. 표지를 보면 이시지마의 이름밖에 없다. 소재가 떨어져서 원작을 필요로 하는 것인가.

"이름, 나가야 하나요?"

료타의 물음에 미요시는 무슨 뜻인가 싶어 료타의 얼굴을 바라봤으나, 곧바로 표정을 가다듬었다. 아직 자신의 '이름'에 구애받는다는 사실에 놀랐던 것이다. 애당초 '시노다 료타'라는 이름에 가치가 있어서 원작자로 싣는 것이 아니거늘. 그러나 미요시는 료타의 자존심을 건드리지 않았다.

"아뇨, 필명으로도 괜찮아요. 시노다 씨 커리어에 상처 나지 않도록……."

료타는 만화를 제자리에 두었다.

"실은, 지금 급하게 마무리 중인 소설이 있어서요. 문예부에서 사사베 씨가 말해 주지 않던가요?"

료타 자신도 왜 그런 소리를 지껄였는지 알 수 없었다. 사사베로부터 소설을 써 달라고 구두로 부탁받았던 것은 벌써 십 년도 더 된 일이다. 그때부터 전혀 쓰지 못하고 있다. 이젠 어쩌다 회식 자리에서 마주쳐도, 사사베는 그때 일은 건드리지도 않는다. 마무리 단계는커녕 아직 한 자도 쓰지 못했다.

만화 원작 일을 의뢰받은 것으로 자존심이 상한 것은 사실이다. 소설 의뢰일 거라고만 생각해서 급히 달려오기까지

했기 때문이다. 그러나 '소설가로서의 프라이드' 따위, 아무 것도 쓰지 않은 십오 년 동안이나 간직할 필요는 없었다. 틀림 없이 과거의 영광에 대한 집착에 지나지 않는다.

"아아, 그러셨군요. 그렇다면 이런 것보다는 그쪽 것을 읽어 보고 싶네요, 저도."라며 미요시는 곧바로 물러났다.

료타는 그 만화를 물끄러미 바라봤다. 과거에 대한 집착과 싸워 가며.

주머니에 1000엔이 있으니 조금 대범해진다. 료타는 잠시 생각했다. 이 1000엔을 어떻게 써야 가장 유익할까. 제일 먼저 머리에 떠오른 것은 파친코였다. 그러나 1000엔으로는 뭔가 허전하다. 신바시까지 나가 볼까, 고라쿠엔으로 할까…….

료타는 휴대 전화를 꺼내서 문자를 보내더니 역을 향해 걷기 시작했다. 손에는 만화책이 담긴 종이 가방이 들려 있다. 결국 만화를 받아 나온 것이다. "일단 한번 읽어 볼게요."라며 최후의 몸부림 비슷한 자세를 취했다. 미요시는 "부디 긍정적으로 검토해 주세요."라며 머리를 숙였다.

도박이라면 취재가 필요 없다. 에피소드도 산처럼 쌓였다. 이걸로 돈벌이가 된다면, 그동안 쏟아부은 돈도 얼마간 되찾을 수 있을지도 모른다. 잘 팔리는 만화는 순수 문학과는 비교도 되지 않을 만큼 판매 부수를 올린다.

그러나 일단은 일요일에 아들과 함께 지낼 돈을 구하지 않으면 안 된다. 확실한 방법으로.

요요기에서 JR전차를 두 번 갈아탄 뒤 히가시토코로자와 역에서 내렸다. 거기서 이십오 분을 걸어서 도착한 곳은 전통 과자점 신키네다. 창업한 지 백 년 넘게 대대로 이어져 내려온 가게다. 쇼와 63년(1988년)에 기요세로 본점을 옮긴 이래로 이 지역에 뿌리를 내렸다.

료타의 누나인 지나쓰가 이곳 신키네에서 파트타임 판매원으로 일한다. 료타가 문자를 보낸 사람은 지나쓰였다. 지금 가니까, 돈 좀 빌려 달라고 문자를 보낸 것이다. 답신은 없었다.

'도착했어.'라고 신키네 앞에서 다시 문자를 날린다.

나올 기미가 없기에 가게 안으로 들어갔다. 그러자 지나쓰가 바로 알아차리고 앞치마에 삼각 두건을 두른 채로 나오면서 료타를 힐끗 노려보고는 밖으로 나오라는 눈짓을 했다.

지나쓰는 노기를 띤 큰 보폭으로 걸으며 가게 옆, 사람들 눈에 띄지 않는 장소로 료타를 데려갔다.

"이런 짓 좀 그만두라고 했지."라며 지나쓰가 말을 꺼냈다. 이번이 처음이 아닌 것이다.

"아는데, 근데 지금 딱 핀치에 몰렸거든……."

"넌 맨날 핀치냐, 찬스였던 적은 있기나 하냐?"

누나는 어머니를 닮아서 독설가였다. 날선 솜씨도 고스란히 물려받았다.

"간만에 쓸 수 있을 거 같아서 그래, 그래서 탐정 일은 슬슬 저거 할까 해서……."

지나쓰는 손을 들어 료타의 말을 제지했다.

"이번에도 우리 얘기 썼다간 가만두지 않는다."라며 지나쓰의 얼굴빛이 서늘해진다. 진심이었다.

『무인의 식탁』이 수상했을 때는 지나쓰도 기뻐했다. 책을 보내 달라고 연락해 왔지만 료타는 주저했다. 결국 지나쓰가 직접 사다 읽었는지, 다음 날 료타는 호된 설교를 들어야만 했다.

책에는 가족의 일화가 빼곡하게 담겨 있었다. 특히 지나쓰가 시어머니와의 험악한 관계를 친정에 와서 이야기한 것이 거의 그대로 묘사되어 있었다. 그래서 지나쓰의 시댁 — 나카지마 집안 — 에는 상을 받은 사실을 비밀에 부쳤다. 다행히도 나카지마의 양친 모두 서점에 드나드는 부류의 인물들은 아니었기에 무사히 지나갈 수 있었다. 나카지마 집안에서는 료타의 직업이 프리터에서 탐정으로 바뀐 정도로 되어 있다.

행여나 그것이 들통났다가는 큰일 나는 것이다.

"그건 표현의 자유지."라며 료타가 반발한다.

분명 가족 간의 일화를 적잖이 빌려 썼다. 그러나 그것을 가공해서 이야기로 구성해 내는 일은 지난한 작업이다. 그렇지 않으면 그저 세속적인 이야기밖에 되지 않는다.

"사생활 침해야."

지나쓰의 반격은 보기 좋게 료타의 입을 다물게 했다. 거기에 지나쓰는 쐐기를 박았다.

"말해 두겠는데, 가족의 기억이라는 건 당신 혼자만의 것이 아니거든요?"

이것 역시 료타가 받아칠 말을 잃게 했다. 하지만 좋은 말이다. 나중에 메모해 놓자고 료타는 태평하게 생각했다.

'가족의 기억은 당신만의 것이 아니다.'

"어떤 거 쓰려고?"

지나쓰가 떠보듯이 묻는다.

"그게 말이야……. 캐나다에서는 아기를 입양해 오면 여섯 주 동안은 애기 친엄마가 '역시 안 되겠다.'라면서 취소할 수 있는 규정이 있대. 그래서 아이를 데려온 부부는 계속 불안에 떨면서 그 여섯 주를 지내게 된다는데, 그런 이야기를 지금 좀……."

"그게 탐정 일이랑 무슨 관계야?"

지나쓰의 말에 료타는 "끄응……." 우물대는 수밖에 없었다.

"이제 그만하지? 벌써 십오 년이다, 시마다 신스케 상 받은 게."

"일부러 그랬지? 시마오 도시오라고. 시마밖에 맞질 않잖아."

그러자 지나쓰가 단박에 독설을 쏘아붙인다.

"아쿠타가와 상이라도 받았으면 나도 틀리지 않지."

역시 료타에게는 대꾸할 구실이 없다.

지나쓰가 거기에 다시 한 번 몰아붙인다.

"돈도 없는 주제에, 용돈이나 주고."

불의의 일격을 맞고 료타는 말문이 막혀 버렸다.

"엄마가 아주 신이 나서 전화를 했어. 이상하지 않나요? 그래 놓고 나한테 돈 빌린다는 게."

"그게, 돈 가지고 걱정 끼치고 싶지 않았단 말이야. 아버지 일도 있고……."

지나쓰는 차가운 눈빛으로 료타의 말을 잘랐다.

"아빠도 왔었네요, 여기에. 돌아가시기 한 달 전에. 바로 그 자리에서 '돈 좀 빌려줄 수 없겠니.'라고."

이것 역시 료타로서는 반박할 수가 없다.

"한심하지 않습니까? 아빠랑 비교되는 거 싫잖아?"

"아니, 그래도, 아버지랑은 상황이 다르니까……."

"똑같아. 너, 아빠랑 완전 똑같은 짓을 하고 있어."

료타는 아무 말도 못 하고 고개만 숙이고 말았다.

"아빠가 착실하게만 일해 왔으면, 지금쯤 엄마도 단지 생활 끝내지 않았겠냐?"라며 지나쓰가 가르치듯이 말했다.

"그러게……. 메구로 어디쯤에 엄청 큰 집도 세우자고 했잖아……."

지나쓰와 료타의 아버지는 중견 가전 제조 회사의 통신 기기 제조 공장에서 근무했다. 약품을 제조하는 기술을 가졌을 뿐만 아니라 통신이며 화학에 대한 지식도 겸비하고 있어서 연구 시설에도 드나들었기에, 료타가 아버지의 직장에 놀러 가면 하얀 가운을 걸치고 있거나 아니면 작업복을 입는 등 각양각색이었다.

어느 분야에든 정통했던 아버지는 회사로서도 보배와 같은 존재였으리라. 아버지도 그것을 알고 있어서 무단으로 결근하는 일이 잦았다. 잘릴 일은 없으리라는 자신감 탓이었다. 월급을 받으면 그것을 들고 어딘가로 사라져서 집에 돌아오지 않는다. 물론 공장에도 출근하지 않는다.

그동안 무엇을 하고 있었던가 하면, 경마와 경륜, 경정, 모터사이클 …… 등 공영 도박장을 따라다니며 관동 지역 일대를 전전하는 것이다. 월급이 바닥나면 돈을 빌려서라도 한다. 가끔 크게 따는 일이 있어도 그 돈을 먹고 마시고 여자한테 써 버리거나 다시 도박에 쏟아붓는다. 물론 매달 그러지는 않았지만 가계는 핍박받았다.

회사에서 중용했던 인물이라 성실하게 일했더라면 월급도 오르고 임원직에도 오를 수 있었을 것이다. 그러나 걸핏하면 증발하는 직원을 언제까지고 우대해 줄 리는 없었다. 고질

적으로 좋지 않던 무릎이 악화되면서 걷는 데 지장이 있다는 사실이 발각되자, 즉시 잘리고 말았다.

그로부터 도박 중독은 나아지지 않았고, 아픈 다리를 끌고서 파친코처럼 근처에서 할 수 있는 도박을 하게 되었다. 연금을 받기 시작하면서도 거의 모두 도박으로 날리고 말았다.

그런 아버지 밑에서 료타가 대학까지 갈 수 있었던 것은, 오로지 어머니의 의지 덕분이었다. 료타 남매가 성장한 후에는, 아버지 월급을 먼저 받도록 공장에 부탁해서는 그 돈을 꼭 틀어쥐고 결코 놓아주지 않았다.

그래도 아버지는 어떻게든 돈을 찾아내서는……. 그런 생활의 반복이었다.

"네리마에 살 때 말이야, 어머니가 통장이랑 도장을 스타킹에 넣어 가지고 둘둘 말아서 쌀통 속에 감췄잖아."

"아아, 맞아 그랬지. 그래도 아빠는 그걸 또 찾아냈지 뭐야. 쌀알이 부엌 바닥에 쏟아져 있는 걸 발견하고 엄마가 어찌나 황망해했던지."

그 일 이후, 어머니는 쌀통을 없애 버렸다. 마치 그것이 모든 악의 근원이라도 되는 것처럼.

"쌀통 없앤 뒤로는 어디에 숨겼었지?"

지나쓰는 의아한 얼굴로 료타를 바라봤다.

"왜? 다락장 아니었나? 벽장 위에. 아빠, 다리가 불편해서 높은 데 못 올라갔잖아."

"아아, 그랬구나." 벽장만 뒤지고 그만두다니 생각이 짧았다. 늘 이렇다. 꼭 하나가 모자란다.

"뭔데?"라며 지나쓰가 캐묻기에 더 의심받기 전에 료타는 이야기를 바꿨다.

"아아, 그러고 보니, 어머니, 클래식 듣던데?"

"근처 할아버지 때문에. 친하게 지내고 있나 봐. 옛날에 중학교인가에서 선생이었대."

"사귀는 건가?"

"에이, 설마."

"모르는 일이지 내가 알아볼 테니까, 진행비 좀."이라며 료타가 손을 내밀었다.

지나쓰는 그 손을 힘껏 내리쳤다.

아사히가오카 단지 2-2-6동의 한 집에 도시코와 그 일행인 여섯 명의 여성이 모여 있다. 니이다의 거실이다. 원래는 다다미방이었으나 그 위에 융단을 깔고 서양식 형태를 갖추었다. 피아노 위에 니이다가 지도했던 중학교 합창부가 콩쿠르에서 받은 트로피가 올려져 있다.

소파만으로는 자리가 모자라서 부엌에서 의자 세 개를 가져다 놓았다.

피아노 옆에는 오래됐지만 훌륭한 전축이 있다. CD플레이어도 있지만 니이다에겐 LP 컬렉션이 더 많다. 무엇보다도 커다란 LP 장식장은 그 자체로 존재감을 지녔다.

예고했던 대로 베토벤 현악 사중주 제14번 올림 다단조 131번이 걸려 있다. 도시코는 넋을 잃은 채 음악에 귀를 기울인다. 연주 시간은 삼십팔 분이지만, 가끔씩 니이다가 곡을 멈추고 음악에 얽힌 이야기들을 들려주느라 한 시간 가까이 걸렸다.

"베토벤 작품 중에서도 이건 회심의 작품인데, 슈베르트는 이 곡을 듣고서 '앞으로 우리가 어떤 곡을 쓸 수 있단 말인가.'라고 감탄했다고 합니다."

그러자 제일 앞줄 소파에 앉아 있던 모리가 "영화에서 봤어요. 이거…… 그 있잖아."라며 옆자리에 앉은 이시무라에게 말을 건다. 이시무라도 "아아, 그거."라며 맞장구를 친다.

"무슨 호프먼이라는, 죽은 사람 나온 거."라며 모리가 니이다에게 얼굴을 돌린다.

"호프먼?" 니이다는 모르겠다는 얼굴이다.

"「데어 헌터」에 그 사람도 나왔는데……."라며 모리가 다시 영화 이야기를 한다.

"데어? 흐음, 전 요즘 영화는 잘 안 봐서……."라며 니이다가 난처한 표정을 짓는다.

모리와 이시무라가 봤다는 영화는 「마지막 4중주」라는 미국 영화였다. 젊은 나이에 죽은 필립 시모어 호프먼이 주연을 맡았고, '데어'가 아니라 「디어 헌터」의 크리스토퍼 월켄이 함께 출연했다. 현악 사중주단 멤버 네 명의 갈등을 그려 낸 인간 드라마로, 흥행하지는 못했지만 명작이라고 평이 높다.

모리와 이시무라는 음악뿐만 아니라 영화에도 지식이 많다. 그녀들은 모두 '분양조'다.

무슨 까닭인지 언제나 자연스럽게 분양조가 제일 앞줄인 소파에 진지를 잡고, 이야기 주도권까지 쥐는 것을 도시코는 개운하게 생각하지 않았다. 이야기가 음악에서 벗어난 데에도 신경이 쓰였다. 도시코도 지지 않고 CD의 라이너노트에서 읽은 지식을 드러낸다.

"선생님, 이거, 베토벤이 죽기 일 년 전에 만든 곡이라죠?"

그러자 니이다는 다시 본래 이야기로 돌아온 것이 반가운지 만면에 웃음을 지었다.

"맞아요. 쉰여섯이었으니까, 지금으로 치면 딱 우리들하고 비슷한 노인이었죠."

그때 운동복 차림을 한 사십 대 후반의 여성이 거실 가장자리를 지나서 화장실로 들어갔다.

그녀의 표정만 봐도 여기서 살롱을 여는 일을 싫어하고 있음을 알 수 있었다.

"선생님 따님이셔."라며 옆에 앉은 임대조이자 클래식 애호가인 나가오카가 도시코에게 귓속말을 한다.

"아아, 그 바이올린 한다는?"

"이젠 그만둔 것 같긴 하지만."

즉 무직에 독신으로 아버지 집에 얹혀산다는 뜻이다. 다른 사람의 시선이 거북하리라.

니이다는 그런 딸에게 슬쩍 시선을 던졌지만 이내 돌아와서 이야기를 이어 간다.

"이 곡을 만들었을 때 베토벤은 '창의력은 옛날 그대로다.'라고 편지를 써서 지인에게 보냈다고 하죠. 우리들도 늙었다고 기죽기엔 아직 일러요."

"그렇네요."라는 대답들이 돌아온다.

"텔레비전에서 이런 걸로 음악 방송을 해 주면 좋을 텐데."라고 말을 꺼낸 것은 데시로기. 역시 분양조다.

"그러게요."라며 분양조가 찬동한다. 임대조인 도시코와 나가오카는 그 사이에 끼지 않는다.

"그게, 실은 젊었을 때 그런 이야기가 잠깐 있었어요. 채널 3에서."

NHK 교육 방송을 말하는 것이다. 그러나 실상은 가르치던 합창부에 취재 요청이 들어와서 받아들였던 것이, 없던 일

로 되어 버린 것뿐이었다. 하여튼 옛날 이야기는 '부풀리고 본다.'

"음악의 신에게 실례인 듯한 기분이 들어서요. 사양하고 말았지요."라며 더욱 부풀린다.

"어머, 아까워라." 하는 목소리가 높아진다.

"하지만 선생님을 이렇게 독차지할 수 있으니 우리한테는 잘된 일이네."라며 모리가 좌중을 웃겼다.

니이다가 흐뭇하게 웃는다. 그러나 화장실에서 물 내리는 소리가 들려오자, 니이다의 웃음기가 잦아들었다.

유복해 보이는 분양조라도 말 못 하는 사정이 있는 것이다.

"그래도 이렇게 모여 있으면, 누구 하나 상태가 안 좋아져도 금방 알 수 있어서 좋네요."라며 나가오카가 말했다.

"정말이지, 고독사라도 하면 곤란하잖아."라고 말하면서 이시무라가 몸을 움츠린다.

"임대라면 상관없겠지만, 분양은 그런 일 생기면 집값 떨어져서……."라며 데시로기가 이야기했다.

도시코와 나가오카가 임대 주택에 산다는 것을 알면서도, 그런 사실을 신경 쓰는 기색은 전혀 보이지 않는다. 이 모임의 발기인이자 나가오카와 도시코를 초대해 준 모리가 미안한 듯이 둘을 바라봤다.

도시코는 웃는 얼굴로 가볍게 인사를 한다.

도시코가 나가오카와 함께 임대 동으로 돌아간다. 그리고 다른 다섯 명은 분양 동으로 향한다.

언제나 느끼는 열등감. 그것은 이미 도시코의 몸속에서 한 부분이 되어 버렸다.

도시코는 집으로 돌아와서 '아이스'를 두 개 만들었다. 컵에다 칼피스와 물을 섞어 냉동실에 넣는다. 료타와 먹은 것이 마지막 두 개였다. 투덜거리면서도 료타는 잘도 먹었다. 또 더운 날이 있겠지, 라며 다음에 또 올지도 모를 아들을 위해서 준비해 둔다.

페트병에 물을 넣어 베란다로 나가 화분에 물을 준다. 귤나무엔 더욱 꼼꼼하게 물을 뿌려 준다.

잠시 귤나무를 바라보더니, 이윽고 베란다 난간에 기대어 먼 곳을 바라본다. 아직 주변에는 잡목림이 남아 있다. 파란 하늘이 눈동자에 스며드는 것 같다.

도시코는 먼 곳을 바라보며 기다렸다. 그때 그 파란 무늬를 가진 큰 나비가 날아오기를.

지나쓰로부터 어찌어찌 3000엔을 빌리고 나서야, 료타는 사무소에 출근했다. 보고서를 써야 했기 때문이다.

일찌감치 보고서를 끝내고 료타는 미요시에게서 받아 온 만화를 읽기 시작했다. 역시나 전형적인 캐릭터에 리얼리티가 떨어지는 시합 진행, 달달한 연애담도 빠지지 않았다. 넌더리를 치면서도 자신이 주도권을 잡으면 그럭저럭 탄탄한 이야기를 뽑아낼 수 있으리라고도 생각해 본다. 《코믹 펀치》는 청년지라서 어느 정도 허용해 줄 터다.

소장과 마치다는 접객 중이다. 갈라선 부인에게 새로운 남자가 생겼는데, 그 남자가 아무래도 수상하니 뒷조사를 해 달라는 것이다.

"그런 남자가 노리코를 행복하게 해 줄 리가 없단 말이에요. 꼭 좀 부탁드립니다."

남자는 금방이라도 울 것같이 처량한 얼굴로 소장과 마치다의 손을 붙잡고는 돌아갔다.

"그럼, 마치다. 이건 네가 한번 혼자 해 볼래?"

"넵." 마치다가 기합이 바짝 들어서 대답했다. 삼 년 만에 단독 수행이다.

"파이팅이야, 젊은이."라며 료타가 농담을 던진다.

"간단한 뒷조사니까 맡기는 거야. 뭐, 상황에 따라선 마나미를 붙여 줄 수도 있으니까."라며 소장이 말하자 "앗싸!"라며 마치다는 신바람이 났다.

마나미에게 호감을 가지고 있는 마치다는 수시로 어필을 하고 있지만, 마나미는 상대조차 해 주질 않는다.

커피잔들을 정리하면서 마나미가 "이미 헤어졌으면 누구랑 사귀든 이젠 상관없지 않나요? 상대방 미래에 질투해 봐야 무슨 소용이람."이라며 새로 온 의뢰인을 힐난한다.

"여기도 한 사람 있잖아."라며 소장이 료타를 가리켰다.

"아니지, 아니, 나는 질투 같은 거 안 합니다."라며 료타가 부정한다.

"질투가 아니면 뭐예요?"라고 마나미가 정색을 하고 묻는다.

료타는 잠깐 생각하더니 "책임감, 같은 거?"라고 자신 없는 소리를 한다.

"그저 미련 아닌가요?"라고 마치다가 핀잔을 더하면, 료타는 "어이, 이봐, 너 미련이 무슨 뜻인지 알기나 하냐?"라고 엉뚱한 소리를 한다.

"아는데요."

"그럼 한자로 써 봐." 더욱 샛길로 샌다.

마치다가 공중에 손가락으로 써 보이면 "바보야, 획 하나 빠졌잖아."라며 분풀이를 한다.

"남자는 말이야."라며 소장이 담배에 불을 붙이며 말했다.

"잃어버리고 나서야 처음으로 사랑을 깨닫는 거지. 시노다도 지금쯤 와이프 사진 요렇게 해 가며 잠들고 그럴걸?" 소장은 사진을 감싸 안는 흉내를 내며 울상을 지어 보였다.

그것을 놓치지 않고 마나미가 "소장님도 끌어안고 잠들겠네요, 두 장."이라며 놀렸다.

소장은 두 번 이혼했다.

"난 마나미랑 끌어안고 자고 싶은데?"라며 소장이 맞받아치지만 마나미는 더 받아 주지 않는다.

소장과 마나미의 장난스러운 응수에도 불구하고 료타는 침묵했다.

다음 날은 아침부터 전단지 붙이는 일을 했다. 길 잃은 고양이를 찾는 전단지 이백 장을 미나미아사가야 일대에 붙이는 일이다. 그다음엔 고양이들이 잘 모이는 곳에서 잠복을 한다. 고양이의 경우에는 찾으러 돌아다니는 것보다 이러는 편이 성공할 확률이 더 높다.

료타와 마치다는 미나미아사가야의 골목길을 나란히 걸으면서 전봇대에 전단지를 붙여 나간다. 마치다는 작은 접이식 자전거에 타고 있는데, 앞 바구니에는 전단지가 들어 있다.

그 옆으로 료타가 온몸에 테이프를 붙인 채 걷고 있다. 마치다가 전단지를 갖다 대면 료타가 테이프로 그것을 고정하는 것이다.

"고양이나 찾고 있을 때가 아닌데."라며 료타가 투덜댄다.

료타는 아침부터 계속 마치다에게 전처와 아들 신고 그리고 목소리가 큰 막돼먹은 남자에 대해 떠들고 있다.

"그걸 두고 미련이라고 하는 거예요."라며 마치다가 몇 번이고 지적했지만, 료타는 푸념을 멈추지 않았다.

"가족을 그렇게 좋아했어요?"라고 마치다가 물었다.

"당연하지."라며 료타가 분개한다.

"근데, 이혼할 때까지 가족 얘기는 한마디도 안 했잖아요."

삼 년 전 사무소에 들어왔을 때, 마치다는 료타가 독신인가, 하고 생각했을 정도였다. 언제나 돈이 없었던 데다 사무소에서 자는 일도 허다했기 때문이다.

"그럴 리가 있나."라고는 했지만 료타도 자신이 없다.

"그렇게까지 억지로 가족 걱정 안 해도 되지 않나요? 저쪽이 재혼하면 양육비 내줄 필요도 없고 편해지잖아요?"

"그러면 아들을 만날 수가 없잖아."

"보고 싶어지면, 자기 발로 온다니까요."

"정말?"

"네, 아무리 엄마가 못 가게 해도."

"너도 갔었어?"

"네, 스무 살 때요."

"그때까지 어떻게 기다리냐."

마치다의 부모도 이혼했다. 마치다가 열 살 때였다. 그리고 친모 손에 자랐다. 마치다의 친부는 료타와 달리 성실한 사람이었다. 그럼에도 부부 싸움은 끊이질 않았다. 이런 걸 '성격 차이'라고 하는 것이다. 결혼해서는 안 되는 남녀였으리라. 실제로 이혼이 결정 났을 때는 어린 마음에도 마치다가 안심했을 정도였다.

그래서 친부를 싫어하지 않았고, 보고 싶어 하는 마음도 컸다. 하지만 친모는 결코 허락하지 않았다. 친부를 증오했던 것이다.

단지 그것 때문만이라고는 할 수 없지만, 마치다는 고등학교 때부터 조금씩 비뚤어지기 시작했다. 오토바이를 타고 등교하다가 교칙 위반으로 몇 차례 정학 처분을 받더니, 흡연한 것이 발각되어 퇴학당했다.

그걸 가지고 료타는 '고등학교 중퇴'라며 번번이 놀렸지만, 사실은 주유소에서 일하면서 야간 고등학교를 다녔다. 그리고 스무 살 때 졸업했다.

그때 독립하면서 친부를 만나러 간 것이다. 그로부터 가끔씩 왕래하게 되었지만, 마치다가 야마베 탐정 사무소에서 일하고 얼마 지나지 않아 친부는 뇌경색으로 타계했다.

그런 걸 떠올리는데, 마치다 앞으로 나비가 하늘하늘 날아들었다. 꽤 크고 아름다운 나비였다. 언뜻 보면 검은색이지만 날개를 펼치면 선명한 금록색 무늬가 나타난다.

"제비나비네. 이런 도심에 웬일로?"라며 마치다가 무심코 말했다. 그리고 다시 한 번 눈을 부릅뜨고 "설마, 산제비나비는 아니겠지? 좀 다르지?"라고 중얼거리며 멀리 날아가는 모습을 지켜본다.

"뭔데?"라고 료타가 묻는다.

"그게, 희귀한 나비가 있길래."라며 마치다는 쑥스러운 듯이 고개를 숙이며 대꾸했다.

"오타쿠냐."

"오타쿠라뇨."라며 마치다가 웃어넘긴다.

나비에는 전혀 관심 없을 것 같았던 료타가 다시 묻는다.

"검은색 제비나비인데, 날개 있는 데에 파란색 띠 같은 무늬가 파바박 들어가 있는 녀석이 뭔지 알아?"

"아아, 청띠제비나비요?"

"역시 오타쿠구먼."

"그럼 뭐, 그런 걸로 하죠." 자기가 물어봐 놓고선, 이라고 속으로 투덜대며 대답한다.

"그게 말이야, 본가에 있는 귤나무 이파리를 먹고 번데기가 되더니 날아갔대. 이거 희귀하지?"

"그럴 리 없어요."

"아, 글쎄, 야, 너, 사진으로 봤다니까."

"청띠제비나비 유충은 녹나무과 식물만 먹는데, 귤나무는 안 먹어요."

"그래도, 너, 실수로라도 그 자리에 태어나면, 그걸 먹는 수밖에 없잖아. 좋고 싫고 가릴 수가 없지."

"좋고 싫고의 문제가 아니에요. 애초에 잘못 태어나는 경우가 없고요. 만에 하나 잘못 태어나더라도 먹지 않고 죽을 뿐이에요. 어릴 때 몇 번이고 실험해 봐서 잘 알아요."

그렇게까지 말하니 료타도 더는 대꾸하지 못했지만 납득하지도 못하는 것 같다. 마치다는 스마트폰으로 그 내용을 찾아서 료타에게 보여 줬다. 분명히 청띠제비나비인 게 틀림없었고, 먹이도 녹나무과 식물이었다.

그리고 귤나무에서 자라는 것은 호랑나비라는, 어디서나 볼 수 있는 나비라는 사실도 확인했다.

료타는 갑자기 입을 다물어 버렸다. 그리고 묵묵히 전단지를 붙여 나갔다.

오후가 되자 료타와 마치다는 어느 사립 고등학교 교문 앞에 서 있다. 시간은 오후 3시. 하교 시간이다. 교문으로 나오는 고등학생들의 얼굴을 사진과 비교해 본다.

마치다는 도무지 내키지가 않았다. 이것도 소장에게는 비밀로 부친 아르바이트였지만, 이번에는 완전한 범죄였다.

외도 현장을 잡기 위해 모텔촌에 잠복해서 조사 대상을 기다리는데, 교복을 입은 채로 연상의 여자와 호텔로 들어가는 고등학생을 발견하고 료타는 재빨리 사진에 담았다.

"어떻게 바지 무늬만 가지고 이 학교라는 걸 알아냈어요?"라고 마치다가 묻는다. 분명 회색 체크무늬가 들어간 바지는 드물었지만, 그것이 어디에 있는 학교의 것인지를 알아내는 일은 쉽지 않다.

"내가 여기 학교 시험을 쳤거든. 떨어졌지만."

"그걸 지금껏 꽁하고 있는 거예요? 그래서 앙갚음이라도 하려고요?" 마치다는 어처구니가 없다.

"시끄러."라고 료타는 말하면서도 교문에서 눈을 떼지 않는다.

여자의 신원은 잘 알 수 없었지만 따로 조사하지는 않았다. 가성비가 중요하다고 료타가 그럴듯하게 말하는 것을 듣고 마치다는 피식했다.

나비 이야기를 할 때는 좀 이상해 보였지만, 원래의 료타로 완전히 돌아왔다.

"너, 뭐가 되고 싶었냐. 고등학교 때……라고 해도 중퇴지만."

"벌써 까먹었어요."라고 마치다는 무덤덤하게 대답했다. 성인이 되고 나서는 누구에게도 이야기한 적이 없었지만, 실은 프로 야구 선수가 되고 싶었다. 고등학교 때는 진지하게 고시엔 진출을 목표로 삼기도 했었다. 결국 고등학교마저 중퇴하고 말았지만. "까먹었어요."라고 료타에게 대답한 것이 결코 거짓은 아니다. 요즘에는 어릴 적 꿈 같은 것을 떠올리는 일도 없었다.

잠시 침묵이 흐르더니 료타가 참지 못하고 "물어봐."라고 굳이 시킨다.

"뭐가 되고 싶었어요?"라고 하는 수 없이 묻는다.

"지방 공무원."

"건실하네요."라고 마치다가 목소리를 높여 웃었다.

"아버지처럼 되고 싶지 않았거든."

마치다는 놀려 주고 싶었지만 "생각처럼 되는 게 없죠."라고만 말하고 그만뒀다.

"아."라며 료타와 마치다가 동시에 소리쳤다. 사진의 고등학생이 교문에서 나온 것이다.

료타는 차에서 내려 고등학생의 뒤를 밟았다.

연상인 여자 쪽을 "원조 교제다."라며 협박하는 편이 보다 큰돈을 뜯어낼 수 있는 방법이겠으나 경찰에게 신고라도 하면 번거로워진다. 그러나 고등학생이라면 그럴 머리가 없을 터다.

게다가 유명 사립 고등학교에 다니는 학생이라면, 어느 정도 용돈은 가지고 있으리라고 료타는 짐작했다.

고가 도로 아래 인기척이 없는 곳에서 료타가 불러 세우자, 그 고등학생이 료타와 마치다를 매섭게 노려보았다. 키가 크고 얼굴도 미남형이다. 누가 봐도 연상에게 인기 있어 보인다.

사진을 내보이며 "원조 교제로 상대 여자가 체포될 거야."라고 협박했다. 사진과 SD메모리카드를 3만 엔에 사라고 요구한다. 잠시 머뭇거리는가 싶더니 곧 "은행에 가서 돈을 뽑아 오지."라고 고등학생이 말했다.

료타는 학생증을 받아서 맡고 은행에 보냈다. 이름은 사나다였다.

"5만 엔 정도 부를 걸 그랬나."라고 료타가 말하자 마치다는 쓰고 있던 선글라스를 벗었다.

"이건 그저 삥뜯기잖아요."라며 다시 선글라스를 쓴다. 뒤가 켕기는 거다.

"시끄러, 나는 아들을 위해서라면 어떤 위험한 외줄이라도 건널 수 있어."

"'다리'예요."라고 마치다가 지적한다.

"뭐?"

"'위험한 다리'라고요."

"다리나 외줄이나 그게 그거지."

"대졸씩이나 되면서 뻔뻔하시네."

"싫으면 따라올 필요 없어. 나 혼자 할 테니까."

"제가, 선배한테 빚이 있어서요."라며 마치다는 흘리듯이 말했다.

"빚? 뭔데?"

"아뇨, 기억 못 하시면 됐어요."

"말해."

"싫어요."라며 마치다가 입을 다문다.

료타가 잊어버리는 것도 당연할 만큼 사소한 일이었는지도 모른다. 그러나 마치다에겐 잊을 수 없는 기억이었다.

탐정 사무소에 들어와서 아직 일 년도 지나지 않았을 때다. 료타를 조수석에 태우고 마치다가 운전을 하여 나카노의 비좁은 일방통행 도로를 달리고 있었다. 차 안의 난방이 약해서 추웠기에 마치다가 온도를 높이려고 조작 버튼을 눌렀다. 그 순간 "멍청아!"라고 조수석에 앉은 료타가 소리를 지르며 핸들을 꺾었다. 마치다는 급브레이크를 밟았다.

전방에서 잠시 시선을 돌렸던 순간, 앞에서 달리고 있던 작은 남자아이의 자전거가 전신주를 피하느라 차도 쪽으로 밀려 나온 것이었다. 간발의 차였다. 브레이크만으로는 피할 수 없었다. 핸들을 꺾어 준 덕분에 살인자가 될 뻔한 순간을 모면할 수 있었다.

그 아이는 무슨 일이 있었는지도 모른 채 뒤도 돌아보지 않고 멀어져 갔다.

평소엔 버튼을 조작하느라고 앞을 보지 않는 경우가 없었다.

그러나 그날 아침엔, 아버지가 뇌경색으로 쓰러져 입원했다는 소식을 고모로부터 들었던 것이다.

"신경 쓰인단 말이야, 말해."라고 료타가 재촉을 하는데, 그때 사나다가 돌아왔다.

몹시 화가 난 모습으로 가방에서 돈이 든 은행 봉투를 꺼내 넘겼다.

"불장난 너무 많이 하는 거 아냐."라고 말하며 료타는 봉투 안을 들여다본다. 정확히 3만 엔이 들어 있다.

"장난으로 만나는 거 아녜요."라고 사나다는 분노에 치를 떠는 목소리로 말했다.

"어차피 저쪽은 그저 노는 거야."라며 료타는 코웃음을 치고 학생증과 사진, SD카드를 건넸다. 사나다는 그것을 낚아채듯이 빼앗았다.

그리고 료타를 똑바로 쳐다보며 말했다.

"당신 같은 어른만큼은 절대로 되고 싶지 않네요."

통렬했다. 료타의 얼굴빛이 달라졌다.

"바보 자식아! 나라고 이렇게 되고 싶어서 된 줄 아냐."

마치다는 "아아, 인정해 버렸네."라며 무심코 웃고 말았다.

그걸로는 성이 차지 않았는지 료타는 더욱 큰 소리로 말했다.

"말해 두는데, 그렇게 쉽게 네가 되고 싶은 어른이 될 거라고 생각했다간 큰 착각이야!"

사나다는 아무 말 없이 료타의 얼굴에 차가운 시선을 날리고는 발길을 돌려 사라졌다.

고등학생의 완전한 승리였다. 거기에 료타가 사나다의 등에 대고 던진 한마디는, 저도 모르게 마치다를 뿜게 했다.

"저거, 제 아비 등골 빼먹을 놈이!"

료타 자신도 부모로부터 '셋슈'를 훔치려고 했던 '아비 등골 빼먹는 인간'이었던 데다, 거기에 더해서 '아비 등골 빼먹는' 사나다의 등골을 빼먹은 순간이었기 때문이다.

그날 저녁, 료타는 소장이 퇴근하기를 기다렸다가 마나미를 차에 태우고 사무실을 나섰다. 마치다는 혼자서 맡은 뒷조사 작업을 하러 나가 있다.

료타와 마나미가 향한 곳은 마루노우치의 오피스 타운이다. 땅값이 가장 비싼 자리에 자사 빌딩을 보유한 거대 생명 보험 회사가 목적지다.

시각은 저녁 6시. 퇴근 시간에 맞게 조사 대상인 남자가 회사에서 나왔다. 몸에 딱 맞는 담청색 슈트. 약간 긴 머리. 거기에 특징 없이 평범한 얼굴 생김새. 틀림없는 안도 무쓰미다. 여자로 오해받기 쉬운 이름이지만 남성이며 안도 미라이의 남편이다. 미라이보다 네 살 위인 서른여섯 살이다. 출장 때문에 작은 슈트 케이스를 끌고 있다.

모두 미라이가 준 정보대로다. 편한 수임건이었다. 안도는 한직에 있어서 언제나 저녁 6시에는 퇴근한다. 그리고 오늘은 출장을 다녀온다고 미라이에게 말했던 것이다. 올해 들어서부터 매달 말에 한 번씩, 월급날에 맞춰서 출장을 나가는 것이다. 지금껏 출장 같은 건 한 번도 없었는데.

즉, 족집게 조사가 가능하다. 거기서 료타가 마나미에게 아르바이트를 맡긴 것이다. 마나미는 자기 옷 중에서도 유독 현란해서 전혀 입지 않던 오렌지색 블라우스를 걸치고, 빨간 가발을 쓴 채 안도를 미행한다.

그러자 잠시 후 안도가 꽃집으로 들어갔다. 장미 꽃다발을 사려고 한다.

"이 장미로 하트 모양 만들 수 있나요?"라며 점원에게 주문을 한다.

완성된 꽃다발을 마나미가 몰래 카메라에 담아서 차를 세워 둔 곳으로 돌아온다.

"딱 걸렸어요. 이런 꽃다발까지 샀네요."라며 마나미가 사진을 보인다.

붉은 장미로 하트 모양을 만들고, 그 주변을 핑크색 장미가 둘러쌌다.

"나이 먹고 폴링 러브인가……."

료타가 넌더리를 친다.

"어서 타."라고 료타가 마나미를 재촉한다. 꽃집에서 나온 안도가 택시를 불러 세운 것이다.

마나미가 차에 올라타자 곧이어 택시를 뒤쫓았다.

야마노테 선의 오오쓰카 역에서 안도가 택시에서 내렸다. 거기서 여자와 만나기로 한 것이다. 먼저 와 있던 여자가 안도의 팔짱을 낀다. 별로 젊지는 않다. 그 모습을 촬영하고 다시 뒤를 쫓는다. 곧장 기타오오쓰카의 모텔촌으로 향한다.

모텔촌에 노상 주차를 해 놓고, 편의점에 들른 안도 일행을 기다린다.

곧 안도 일행이 편의점 비닐봉지를 손에 들고 나오더니, 서로 몸을 바짝 붙이고 러브호텔로 들어간다. 료타는 그 모습을 사진에 담고는, 마나미에게 지시한다.

"마나미, 준비됐어?"

"출장 안마라고 하면 되죠? 그래 보여요?"

"좋아. 어울려, 어울려."

"어울린다고요?"라며 마나미가 쏘아보는 표정을 짓는다.

"아니, 그러니까 좋은 의미로, 그래 보인다고요……."

"됐네요."라며 마나미가 모텔로 달려간다.

호텔 프런트에 들어가니 안도와 내연녀가 방을 고르는 중이다.

마나미는 핸드폰을 꺼내 전화 거는 시늉을 했다.

"네, 스미레예요. 지금, 프런트 도착했어요. 몇 호실인가요?"

　출장 안마를 가장하면서, 안도 일행이 고른 방 번호를 슬쩍 훔쳐본다. 안도 일행은 마나미를 전혀 의심하지 않는다. 완벽하게 변신해 있었다.

　안도 일행은 202호실을 골랐다.

　방으로 향하는 모습을 정면에서 몰래카메라로 촬영한다.

　그들이 방으로 올라가자 마나미는 바로 옆인 203호실 버튼을 눌러 열쇠를 챙기고는, 료타를 불렀다.

　외도 조사도 가지각색이다. 내연 상대와 호텔에 들어가는 것만 찍어 주면 된다는 사람부터, 상대의 신상 조사는 물론, 어떤 추태를 벌이는지까지 상세하게 알고 싶어 하는 사람도 있다.

　미라이는 모텔 방에서 어떤 짓을 하는지 알고 싶다고 했다. 그래서 옆방을 잡은 것이다. 비디오카메라로 도촬하는 것도 가능하지만, 그러기에는 상당한 시간과 비용이 든다. 이럴 때 요긴하게 쓰이는 것이 청진기다. 이걸로 옆방에서 들리는 목소리나 각종 소리를 증폭시켜서 녹음하는 것이다.

　료타가 청진기로 옆방의 소리를 찾는다. 마나미는 자기 역할을 마치고 가발을 벗더니 침대에 걸터앉았다.

　"아아, 여기다. 벌써 시작했네. 남사스럽구먼."이라며 청진기를 고정한다.

　여기까지 하면 더 할 일도 없다.

　"저번에 마나미, '미래에 질투해 봐야 무슨 소용이냐.'라고 했잖아?"

　이것도 포스트잇에 써서 방에 붙여 놓은 말이다.

"네."

"여자들은 저거 하지? 새로운 사랑을 시작하면 예전 데이터는 전부 지워 버린다면서?"

"부인 말이에요?"라고 웃으며 거꾸로 물어 온다.

"…… 아니, 그냥 일반적으로 말이야."

"그림으로 말하자면, 수채화보다는 유화에 가깝다고나 할까? 덧칠하면 아래 색깔은 보이지 않게 되죠. 그래도 여전히 남아 있기는 하죠, 여기에."

마나미는 자신의 왼쪽 가슴을 가리켰다.

"없어지는 건 아니구나."라고 료타는 안심했다.

"당연하죠. 데이터를 덮어쓰는 거랑은 다르죠. 기계가 아닌데."

"그렇지, 간단히 지워질 리가 없겠지……."라며 절실하게 느꼈다.

다음 날인 토요일에 료타와 마치다는 다치가와의 커피숍에서 안도 미라이를 만났다. 미라이가 정한 곳은 세련된 카페였다. 토요일이라 카페 안은 혼잡했지만 미라이는 아무렇지도 않은 듯 태연하게 외도 현장의 증거 사진을 훑어본다.

"역시 도모미였어. 이년이."라며 웃는다.

학창 시절 친구로부터 남편을 빼앗겼다……라는 것보다, 남편이 도모미에게 눈독을 들이고 계속 치근거렸던 거라고 미라이가 말했다. 그렇더라도 친구의 남편이라는 사실을 알고도 바람을 피운 것이기에 배신 말고는 아무것도 아니다.

"우와, 이 장미 좀 봐! 혜벌쭉해서, 정말 최악이네……."

완전히 후련해졌는지, 미라이는 사진을 테이블 위로 던

졌다.

"남편분에 대해서 모르는 편이 나았지 않았을까요?"라며 마치다가 대뜸 물었다.

"그런 거 없어요. 이걸로 그 자식한테 위자료도 왕창 뜯어 낼 수 있겠다. 이것까지도 다 내 인생이니까."

미라이는 개운해진 표정으로 약속한 돈이 담긴 봉투를 료타에게 건네고는 카페를 나갔다.

약속한 금액은 20만 엔. 염가다. 통상의 4분의 1 수준이다. 입막음 비용도 겸한 데다, 너무 욕심을 내지는 않았다. 족집게 정보를 받았기에 경비는 모텔비뿐. 일한 시간은 고작해야 두 시간이었다. 거기서 마나미의 아르바이트비 1만 엔이 빠지기는 하지만.

료타는 우선 그 자리에서 마치다에게 대신 치르게 했던 거짓 결혼식 뒤풀이 비용 3만 엔을 돌려주려고 했으나, 기다려 달라고 부탁했다. 게다가 마치다에게는 빚까지 있었지만 그것 역시 미뤘다. 사나다에게 받은 3만 엔을 더하면, 양육비를 보내고 밀린 월세도 일단은 절반인 두 달 치를 낼 수 있는 데다, 거기에 내일은 신고, 교코와 조금은 호사스러운 식사까지 할 수 있다. 그런데 왠지 마음이 허하다, 즉……

"경륜은 절대 안 돼요."라며 마치다가 마치 료타의 속을 들여다보기라도 한 것처럼 말했다.

"응? 알고 있어. 걱정 말라니까."

경륜장에는 들르지 않고 사무소로 곧장 돌아왔다. 모든 것이 마치다 덕분이었다.

마나미가 료타에게 1만 엔을 받고는 "감사."라고 대꾸하며 차를 따라 주었다.

소장은 오늘 휴가를 냈다. 소장이 특별히 엄격한 타입은 아닌데도, 이런 날이면 사무실 분위기가 널널해진다. 료타도 소파에 그 큰 몸집을 눕혔다.

"여자들은 결혼식까지 갔던 친구 남편이랑 바람도 피울 수 있나 봐요." 마치다는 차를 마시며 마나미를 슬쩍 봤다.

"등잔 밑이 어둡다잖아." 하품을 해 대면서 료타가 말한다.

"주변에도 있는걸요. 친구 남친 뺏는 애들이."라며 마나미도 하품을 한다.

마치다가 료타와 마나미에게 의심의 눈초리를 보낸다.

"잠깐, 이거 뭐예요, 둘이서? 아무 일 없었던 거죠? 어제 모텔에서……."

"나야 뭐, 지금은 독신이기도 하고."라며 료타가 놀린다.

그때 휴가라고 했던 소장이 슈트 차림으로 갑자기 나타났다.

료타는 놀라 일어나서 테이블에 놓아두었던 봉투를 안주머니에 숨겼다. 간발의 차이였다.

"어, 소장님, 오늘 휴가 내시지 않았어요?"라며 마나미가 아까와는 다르게 긴장한 목소리로 물었다.

"그러려고 했는데 말이야."라며 책상 의자에 앉더니, 창밖을 내다보며 "태풍이 또 오네……."라고 말한다.

료타는 가슴이 두근거렸다. 소장의 모양이 어딘가 평소와 다르다.

"오늘, 규슈에 상륙한대요. 24호인가?"라고 마나미가 소장에게 커피를 내어 주며 답했다.

그 말에는 대꾸하지 않고 소장은 료타에게 말을 던졌다.

"시노다, 이 일도 이제 익숙해졌지? 벌써 오 년쨈가?"

"아뇨, 사 년 됐습니다."

"소설 쓴다는 핑계는 관두고, 본격적으로 해 보는 게 어때? 응?"

"아뇨, 어디까지나 취재를 위해서……."

"그 소설, 보여 줘 봐. 내가 이래 보여도 문과였어. 탐정이 주인공이야?"

"그게, 그런 건 아니고……."

그러자 소장은 입가에 웃음을 띠우며 뱀 꼬리 같은 눈으로 료타를 쳐다봤다.

"고삐리 삥이나 뜯는 아주 나쁜 탐정 이야기는 아니고?"

섬뜩 놀란 료타는 얼어붙었다. 마치다도 꼼짝 못한다.

소장은 의자에서 일어나더니, 료타 쪽으로 다가왔다.

"걔 말이야, 사나다 군. 내가 형사 일을 할 때 상사의 아들이야."

료타는 놀랐지만 말문이 열리지 않는다.

"이 사무소, 망하게 할 셈이야, 너?"

담담한 어조였으나 박력 있었다. 료타 아닌 어느 누구라도 벌벌 떨릴 정도로.

"아니, 그럴 생각은……."이라는 료타의 목소리가 잠긴다.

소장은 료타의 어깨를 움켜쥐고 주무르기 시작했다. 료타의 움츠린 어깨가 더욱 굳어지며 오그라든다.

"내가 여름 보너스 안 줘서 그랬어? 응?"

"아니, 네, 아, 그게……."

여름 보너스는 실적에 따라 주기로 되어 있었다. 그러나 실적을 올리지 못했기 때문에 받지 못했을 뿐이다.

"아들이 그렇게 만나고 싶어?"라고 말하며 소장은 더욱 강하게 어깨를 주무른다.

"그, 그거야, 아버지니까요……."

"아버지니까요, 라니."라고 소장이 코웃음을 치며 말했다.

"너 같은 녀석은 말이야, 남편이나 아버지가 될 자격이 없어. 그렇게 생각하지 않아? 안 그래?"

소장이 마나미와 마치다에게 동의를 구한다. 그러나 둘 다 찍소리도 못 한다.

"내놔, 아까 그 봉투."

이미 봤던 것이다. 마지못해서 료타가 봉투를 꺼냈다.

"사나다한테 얼마나 저거 했어?"

소장이 일부러 료타의 말버릇을 흉내 내면서 놀린다.

얼마라고 대답해야 할지, 료타는 순간적으로 머리를 굴렸다. 봉투에 든 금액이 다르다. 그러나 소장은 사나다로부터 뜯어낸 금액을 알고 있을 가능성이 크다. 여기서 거짓말을 했다가는 이중 거래까지 들통나는 수가 있다.

"3만이요."라고 답하는 료타의 몸이 더욱 굳어진다.

이러는 게 맞나, 싶은 순간에 기발한 거짓말이 생각났다.

소장이 봉투 안의 지폐를 셌다.

"왜 18만하고 5000엔이나 있지?"

"그게, 다치가와에 저거 해서……."

경륜장에는 가지 않았다. 도중에 패밀리 레스토랑에 들러서 마치다와 함께 5000엔짜리 호사스러운 식사를 한 것이 전부였다. 그것이 그나마 료타가 베풀 수 있는 최소한의 보답이었다.

그걸로 납득을 했는지 소장은 전부 자기 주머니에 넣고는, 조용한 어투로 충고를 했다.

"잘 들어, 이제 가족이랑 만나는 건 그만둬. 누군가의 과거가 될 용기를 가져야 다 큰 남자라는 거다. 알겠어?"

료타는 아무 말도 할 수 없었다. 그러나 나중에 수첩에 '누군가의 과거가 될 수 있는 용기'라고 적어 두자고 속으로 생각했다.

마치다의 지갑에는 이제 3000엔밖에 없었다. 이것을 빌려주고 나면 마치다는 주말 동안 쫄쫄 굶게 된다. 역시 빌려주는 것은 곤란했다.

"그 대신에 말이야."라며 료타는 마치다를 꾀었다.

두 사람이 나란히 앉아서 파친코를 당기고 있다. 마치다는 크게 따서 구슬 바구니가 쌓여 있지만 료타는 도통 맞지를 않아서 돈만 연달아 기계 속으로 빨려 들어간다.

"3만 엔, 따로 넣어 두길 잘했네요."라고 마치다가 밝게 말했다.

"그러게……." 료타는 넋이 나간 사람처럼 의기소침해 있다. 사나다로부터 뜯어낸 3만 엔을 재킷 안주머니에 그대로 넣어 둔 것이 불행 중 다행이었다. 그러나 기왕이면 미라이에게 받은 돈을 주머니에 넣어 두었어야 했다.

그 3만 엔을 밑천으로 삼아 파친코에서 여섯 배로 불려서 돌려주겠다는 계획을 생각해 낸 것은 당연히 료타다. 마치다도 빌려줄 돈이 없기에 따르기로 했다.

마치다는 초반에 2000엔으로 이미 1만 엔 정도를 따냈다. 그러나 역시 료타는 계속 잃을 뿐이다.

"아직 조금 모자라려나요?"라고 등 뒤에 쌓아 놓은 구슬 그득한 바구니를 보면서 마치다가 말했다.

마치다는 자신의 구슬받이에서 손으로 구슬을 퍼다가 료타의 구슬받이로 옮겨 준다.

"저, 초등학교 3학년 때 아버지가 사 주신 글러브, 아직도 가지고 있어요. 그러니까 이걸로 구슬 따서 스파이크든 배트든 사 주세요."

"그러게…… . 그래도 나한테 너무 잘해 주지 마."라며 료타가 기운 없는 목소리로 말했다.

"네?"

"울고 싶어진단 말이야……."

료타는 울상을 지어 보였다. 그것을 보고 마치다는 폭소를 터뜨렸다.

일은 순조롭게 풀리지 않았다. 3만 엔의 밑천은 료타가 모조리 써 버렸다. 료타는 마치다의 구슬까지 쏟아부으려고 했으나 마치다가 말려서 멈췄다. 그리고 자신이 딴 8000엔을 료타에게 건넸다.

이걸로 적어도 내일, 신고를 만나기 위한 자금은 확보했다. 애초에 파친코를 하지 않았더라면 월세도 한 달 치는 낼 수 있었을 터다. 그러나 료타는 그런 반성조차 하지 않는다. 반성이라는 걸 했더라면 이런 짓을 되풀이하는 일도 없었을 것이다.

료타가 아파트로 돌아온 때는 자정을 지나서였다. 내일을 위해 이번에도 이케부쿠로에서부터 집까지 걸어서 돌아온 것이다. 계단을 올라가려고 올려다보는데, 사람의 그림자가 보였다. 집 앞에 쭈그리고 앉아 있다. 담뱃불이 반딧불처럼 빛났다. 료타는 발소리를 죽인 채 천천히 걸음을 되돌렸다.

빚쟁이다. 열흘인가 전에 파친코 앞에서 1만 엔을 빌렸던 적이 있다. 불법 사채는 아니었다. 개인 대부업자쯤 될 거다. 이자는 일주일에 100퍼센트였다. 즉 2만 엔을 갚아야 하는 것이다. 그것을 받아 내려고 찾아왔을 터다. 빌린 것도 까맣게 잊고 있었다. 야쿠자로는 보이지 않았지만, 그런 뒷배가 있다고 해도 이상하지 않을 법한 인물이었다. 행여나 걸렸다가는 이 8000엔마저 사라지고 만다.

어딘가 묵을 곳도 없이, 료타는 정처 없이 밤거리를 걸었다.

4

태풍이 가까워지는 것을 알려 주는 뜨뜻미지근한 바람에 료타는 눈을 떴다. 잠시 몽롱한 채로 자신이 왜 공원 벤치에서 일어났는지 이해하지 못했으나, 걷다 지쳐서 새벽녘에 도착한 공원에서 잠들었다는 사실을 깨달았다.

공원 시계를 보고 놀라서 허둥지둥 일어났다. 9시 오 분전이다.

료타는 달려서 히가시나가사키 역으로 향했다.

전차가 올 때까지 역사 안 화장실에서 대충 입을 헹구고 얼굴을 씻었다. 셔츠도 바지도 꼬질꼬질해서 차림새가 형편없었지만, 집으로 돌아갈 여유는 없다.

료타는 전차를 타고 목적지로 향했다.

약속 장소는 다카타노바바 역의 빅박스(BIGBOX) 앞에 있는 광장이다. 언제나 북적거리지만 오늘은 헌책 시장이 열려서 한결 많은 사람들이 붐빈다. 곳곳에 캐노피텐트가 서 있고 '헌책 시장 개최 중'이라는 행사 깃발이 펄럭인다.

결국 료타는 십오 분 지각했다.

불편한 심기가 역력한 얼굴로 교코 혼자서 료타를 기다린다.

료타는 헌책 시장의 텐트를 둘러보며 웃어 보였다.

"헌책 시장이라……. 옛날에 자주 다녔잖아. 둘이서, 그렇지?"

다카타노바바 역은 교코의 출신 대학에서 가까웠다. 당시에는 이곳에서 곧잘 만나곤 했다.

하지만 료타의 그런 감회는 교코의 차가운 말 한마디에 날아가 버렸다.

"왜 시간 약속을 안 지키는 거야?"

"아니, 그게 좀 출판사에서 회의가 있었거든…….."

역시 말이 막혀 우물거린다.

"일요일에? 그 꼴을 하고?"

교코가 예리하게 지적했다.

"밤샘 작업하느라……, 그래도 부지런히 일하고 있다고."

교코에겐 이미 상대해 줄 생각이 없다.

"돈은?"

"응? 뭐?"라며 시치미를 떼 보지만, 교코의 차가운 시선에 곧바로 변명을 늘어놓는다.

"어제, 일이 늦어져서 말이야, ATM에 들를 시간도 없어 가지고. 오늘은 은행도 쉬고."

은행 업무 시간 외는 물론 휴일이라도 ATM은 쓸 수 있다. 하지만 교코는 아무 말도 하지 않았다.

"그럼 진작 말을 했어야지. 신고, 가자."

신고는 헌책 시장에서 책을 구경하던 모양이었는지, 금방 돌아왔다.

"아빠 책은 없네."라며 신고가 약간 아쉬워한다.

교코는 아무 말 없이 신고의 손을 잡아끌며 걷는다.

"잠깐, 이건 아니지. 한 달에 한 번 만나는 낙을, 고작 그 정도 일로 뺏을 거야?"

교코의 눈빛이 더욱 예리해졌다. 또 쓸데없는 소리를 하고 말았다며 후회했지만 이미 늦었다.

"고작 '그 정도'라니? 약속했잖아."

거듭 강한 어조로 교코가 몰아붙인다.

"아니, 안 주겠다는 건 아니고……."

"언제?"라고 교코가 따진다.

"그게, 이따가……."라며 말을 흐린다. 실은 아무런 대책이 없다.

"그럼, 이따가 5시에 여기서. 그때 꼭 10만. 늦지 마."

교코는 그렇게 말을 남기고 혼자 걸어가기 시작했다.

"응? 벌써 가는 거야? 셋이서 차라도 하지."

"오늘 일해야 돼. 부지런히 일해야 하는 사람이거든, 나도."

통렬한 응보였다. 료타는 쓴웃음을 짓는 수밖에 없었다.

"엄마, 이따 봐."라며 신고는 명랑한 웃음을 띠우며 손을 흔든다. 아빠 엄마의 험악한 사이에는 이미 익숙하다.

둘만 남자 료타는 신고를 위아래로 훑어보며 "그새 더 컸네……."라고 말을 꺼내지만 신고는 고개를 젓는다.

"맨날 앞에서 세 번째인걸."

"그래도, 너, 키 클 거야. 아빠 닮았거든."

그러자 신고는 다시 고개를 젓는다.

"아닌 거 같아, 나, 엄마 닮았어."

생글거리며 말하는 신고 앞에서 료타는 입을 다물 수밖에 없었다.

스포츠 용품점은 많이 있었지만, 료타는 '재량'을 발휘할 수 있을 법한 작은 가게를 골랐다.

신고에게 물으니, 배트보다 스파이크가 가지고 싶다고 했다.

야구 스파이크 진열장은 축구 용품의 절반 정도 면적밖에 되지 않았다.

그중에서 마음대로 골라 보라고 료타가 말했다. 제일 비싼 것은 미즈노였다. 4000엔이다. 그 옆에 있는 스파이크는 수입산으로 3000엔짜리가 할인까지 더해져서 2500엔이다.

신고가 고른 것은 바로 그 제일 싼 스파이크였다.

"뭘 망설이고 있어, 미즈노 사 줄게."

"괜찮아?"라며 신고는 진심으로 걱정한다.

"걱정 말아. 235 맞지? 잠깐 거기서 기다려 봐."라며 료타는 미즈노 스파이크를 손에 들고 계산대로 향했다.

계산대로 향하는 도중에 료타는 신고에게 보이지 않도록, 스파이크의 에나멜 도장 부분을 계단 모서리에 슬쩍 문질렀다. 새 제품에 상처가 났다.

"이거 말이야, 여기 상처가 좀 있는데 말이야……."라며 료타는 계산대에 서 있는 남자 직원에게 말했다.

"아, 죄송합니다. 금방 재고를 알아보도록 하겠습니다……."

"아니 아니, 괜찮아. 이걸로 괜찮은데, 좀 싸게 안 될까?"

점원은 의외의 제안에 잠시 어리둥절했으나, 곧바로 20퍼센트를 할인한 전시품 판매 가격을 제시했다.

"아아, 그거면 됐어."라며 료타는 값을 치렀다.

800엔을 남겼다. '재량'이 통한 것이다. 대형 판매점에서는 먹히지 않는다.

신고는 스파이크에 난 작은 상처를 알아챘지만, 료타에게 딱히 불만을 이야기하는 아이는 아니었다. 그저 "신고 뛰어 보고 싶어."라고만 할 뿐이다. 조금 걸어가면 넓은 공원이 있긴 하지만 야구장이 아닌 곳에서 스파이크를 신고 뛰어도 될까 싶었다.

료타가 어릴 때는 야구장 이외의 장소에서 스파이크를 신는 것이 금지되어 있었다. 하지만 애초에 스파이크를 가진 아이는 한 줌에 불과했다.

료타는 "어디 한번 어떤지 볼까?"라며 공원까지 걸어갔다.

아니나 다를까, 공원은 아이들과 연인들로 가득해서, 플라스틱 재질 바닥이라고는 하지만 스파이크를 신고 달리기에는 무리다.

잠시 공원에 머물러 있어 봐도 달리 할 일은 없고, 어슬렁거리며 산책이나 하다가 결국 역 앞으로 돌아갔다.

그때 신고가 "작문." 하고 말을 꺼냈다. 료타는 완전히 잊고 있었는데, 신고가 '경로의 날' 글짓기 대회에서 금상을 받았다고 해서 다음에 만날 때 보여 달라고 했던 것이다.

아직 시간이 일렀지만, 어디든 들어가 식사라도 하면서 읽어 보자며 료타가 주변을 둘러봤다. 바로 앞에 값싼 규동 가게와 햄버거 가게가 눈에 들어왔다. 그러나 정크푸드를 먹였다가는 교코가 좋은 얼굴을 하지 않을 터다. 그리고 신고는 필시 자기 엄마에게 거짓말을 하지 않는다.

교코가 허락하는 외식 중에 싸게 먹히면서 신고도 좋아하는 것은 모스버거였다.

모스버거와 오렌지 주스에 양파와 감자튀김. 이걸로 아까 남겨 둔 800엔이 사라졌다. 남은 돈은 4000엔. 고심 끝에 료타는 커피만 시키기로 했다. 250엔. 캔 커피의 두 배다. 괜히 억울해서 우유와 설탕을 듬뿍 넣는다.

커피에 설탕을 녹이며 료타가 가만히 물었다. 오늘 만남의 큰 목적이다.

"그래서, 뭐라고 물어봤어?"

뜬금없는 질문이었지만 신고는 바로 알아들었다. 레스토랑 화장실에서 했던 약속이라는 것을. 신고는 조금 난처한 얼굴을 하더니 "좋아해?"라고 엄마에게 물었을 때의 말투를 재연했다.

"그랬더니?"

"좋아한대."라면서 신고는 조금 미안한 얼굴을 했다.

그때 햄버거 세트가 나왔다.

신고는 배가 고팠기에 곧장 햄버거 포장을 열고 먹으려고 했으나 이내 그 손을 멈췄다.

"아빠는 안 먹어?"

"응, 배 안 고파."

"으응." 하며 신고는 입을 크게 벌려 햄버거를 베어 문다.

료타는 그 모습을 안달이 나서 지켜보다가 "그래서?"라며 재촉한다.

"엄마가 다른 남자랑 사귀는 거 싫어?, 라고."

"그래서, 신고는 뭐라고 했어?"

"정말로 좋아하는 거라면 괜찮아, 라고."

"야이, 바보야, 그럴 땐 싫다고 확실히 말했어야지……."

신고는 아직 그 뒤에 더 있다는 듯이 고개를 저었다.

"뭔데."

"아빠랑 어느 쪽이 좋아?, 라고."

"그래, 그랬더니?"라며 료타는 저도 모르게 테이블 위로 몸을 기댔다.

"그런 옛날 일은 잊어버렸대."

료타는 한숨을 쉬며 테이블 위에 푹 엎드리고 말았지만, 간신히 원래의 목적을 생각해 내고 신고에게 작문을 받아서 읽기 시작했다. 원고지에는 금상 수상을 뜻하는 금색 리본이 붙어 있다.

작문은 느닷없이 "할머니."라고 부르는 말로 시작했다. 거기서부터 대화가 이어져 도시코의 인품을 알 수 있는 일화가 나오고, 마지막은 도시코를 향한 감사와 건강을 걱정하는 문장으로 매듭을 짓는다. 상당히 훌륭한 작문이었다.

결말이 너무 딱 맞아떨어져서 여운이 없다며, 료타는 습관처럼 트집을 잡고 싶어졌다. 그러나 부모로서의 욕심을 빼더라도 5학년짜리가 쓴 작문치고는 수작이었다.

료타가 일단 덮어놓고 칭찬을 늘어놓는데, 무슨 까닭인지 신고는 어딘가 우울한 얼굴이다.

한 달에 한 번 신고를 만나는 것도 이 년째이건만, 료타로서는 아직도 어떻게 함께 시간을 보내야 할지 별수가 없다. 돈이라도 있으면 놀이공원 같은 데라도 가서 재미있게 지낼 수있을 텐데, 그럴 만한 여유는 어디에도 없다. 그래서 오로지 여기저기 길거리를 헤매며 걸어 다닐 뿐이다. 공통의 이야깃거리가 있어도 금세 바닥이 나고 만다.

신고는 지루한 얼굴로 료타와 나란히 걷고 있다. 그러나 불평이나 불만을 입에 올리지는 않는다. 언제부터인가 자기 아버지에게 무언가 바라는 것을 포기했는지도 모른다.

12시가 되기도 전에 식사를 해 버렸기 때문에 시간이 더욱 길게 느껴진다.

그래도 신고와 만나는 일을 그만두지 않는 것은, 마치다에게 지적받은 것처럼 '미련'인지도 모르겠다고, 료타는 어렴풋이 생각했다. 신고뿐만 아니라 교코도 함께.

그러나 료타는 스스로 내친 것을 이제 와서 되돌려 보려는 어리석음과 대면하려고 하지 않았다. 아니, 마주하고 싶지 않았다.

료타가 걸음을 멈췄다.

복권 판매점이었다.

교코의 화난 얼굴이 눈에 선했지만, 이것은 꿈을 나누는 행위다. 적어도 공통의 이야깃거리가 될 것임은 틀림없다.

"복권 사 볼까?"라고 물어본다.

"엄마한테 안 혼나?"

교코가 도박과 비슷한 것이라면 모조리 '악(惡)'이라고 신고를 세뇌시켜 놨으리라고, 료타는 생각했다.

"복권쯤은 괜찮다니까. 모처럼인데 사 보자, 기념으로."

"무슨 기념?"

"그게, 뭐랄까……. 둘만의 저거지, 끈끈한 정〔絆〕 같은 거."라며 나오는 대로 내뱉자, 창구 안의 여자가 풋 하고 웃는다.

'창구의 여자가 웃는 얼굴이어야 당첨된다.'라고 료타의 아버지가 곧잘 말했다. 이것을 좋은 징조라고 생각하면서도, 아버지가 당첨된 것을 한 번도 본 적이 없었다.

지갑에서 3000엔을 꺼내면서, 료타는 슬쩍 신고를 바라봤다. 욕심이 없는 아이가 고르면 맞지 않을까, 싶은 생각을 했다.

"너가 골라 볼래?"

"응? 그래도 돼?"

조심스러워하는 듯한 목소리다.

"해 봐, 아빠는 유치원 다닐 때부터 할아버지랑 같이 와서 사고 그랬는걸."이라고 말하면서 료타는 깨달았다. 분명 아버지도 나와 같은 생각으로 아들인 나에게 복권을 사게 했겠구나, 하고.

"헤에……."

"그 대신 약속해야 돼. 이건 아빠 돈으로 사는 거니까, 당첨되면 반땡이다."

"쩨쩨하게."라며 신고가 웃었다. 그러자 창구의 여자가 다시 풋 하고 웃었다.

이번에야말로 당첨될 것만 같은 기분이 들어서 료타는 흥분했다.

"쩨쩨해도 좋아. 잘 들어? 복권에는 연속 번호랑 낱장 방식이 있는데, 낱장을 선택하면 나중에 당첨을 확인하는 재미가 있지. 근데 연속 번호면 1등 앞뒤로 2등까지 한꺼번에 딸 수 있어. 그러니까 3억 엔이 당첨되면, 보너스로 2억 엔을 딸 수 있는 거지……."

료타가 열심히 설명하는 것을 신고는 진지하게 듣고 있다.

신고는 신중하게 고민한 끝에 낱장 방식을 선택했고, 3000엔으로 열 장을 샀다. 복권이 신고에게 건네졌다. 다음 달 23일에 당첨 번호가 발표되니, 다음에 만날 때 같이 확인하자고 약속했다.

복권 판매점 바로 옆에서 료타는 전화를 걸었다.

"여보세요? 난데."

료타가 전화를 건 상대는 도시코였다. 도시코가 '어머, 네 아버진 줄 알았다.'라고 답했다. 나이를 먹어 갈수록 목소리까지 닮아 가는 것이다.

"뭔 소리야, 유령도 아니고. 지금 신고를 데리고 갈 건데, 괜찮아? 뭔가 할머니한테 보여 주고 싶은 게 있다네."

자기가 생각해도 기발한 거짓말이라며 료타의 얼굴에 득의한 미소가 번졌다. 잘만 하면 양육비도 빌릴 수 있을지 모른다.

"응? 내가?"라며 신고는 난처해한다. 할머니에게 보여 주고 싶은 게 있다는 말 같은 건 한 적이 없으니 당연하다.

전화를 끊고 료타는 "그 작문, 할머니한테 보여 주지 않으면 어쩌려고?"라며 의기양양하게 말했다.

그날은 아침부터 지나쓰네 가족이 도시코의 집에 와 있었다.

지나쓰의 남편인 마사타카가 거실에서 커터로 일요 대공사를 하느라 분투 중이다. 그 옆에서 두 딸이 잡담을 하느라 열을 올리고 있다.

"온데?"라며 부엌에서 차를 마시던 지나쓰가 선물로 가져온 삼색 경단을 집어먹는다.

"응." 전화를 끊고 도시코도 앉는다.

"태풍 온다는데?"

"신고도 같이 온대."라고 덧붙이고는 팔뚝에 소형 마사지기를 대고서 "기분 좋네, 이거."라며 지그시 눈을 감는다.

"그렇지? 회사에서 완전 인기야."

'경로의 날'과 피겨 수업료에 대한 보답으로 지나쓰가 사 온 선물인 것이다.

"조심하는 게 좋을 거야."라고 지나쓰가 충고한다.

"뭘?"

"뭔가 꿍꿍이가 있어. 전에는 설날에도 코빼기 한 번 안 비췄잖아. 갑자기 몇 번이나 찾아오고. 좀 수상해."

그렇긴 하다. 삼사 년이 지나도록 나타나지 않기도 했다. 걱정이 된 도시코가 거꾸로 료타의 집으로 찾아간 적도 있다.

"도움이 필요해서 그런가?"

"뭘? 돈?"

"아니, 교코네."

"이미 늦었지."

"요즘 사람들은 참을성이 없어."라고 불평한다.

"그만하면 이미 충분히 참은 편 아닌가?"

"여자도 배워 놓은 게 있으면, 혼자서도 먹고살 수가 있으니."

"잘된 거 아냐? 그야말로 다행이지."

"역시 안 되려나……."

도시코는 포기하지 못하는 모양이다. 그저 료타를 딱하게 여기는 것만은 아닌 듯싶었다.

"이 정도면 괜찮은 거 같습니다."

료타가 깨 버린 베란다 유리를 지나쓰의 남편 마사타카가 수리한 모양이다. 홈 센터에 가서 플라스틱제 골판지를 사다가, 틀에 딱 맞는 사이즈로 재단해서 붙인 것이다. 반투명 골판지라 투과성이 있어서 실내가 어두워지지도 않는다. 무엇보다 튼튼하다.

"살았네. 감사해요."라며 도시코는 공손히 절하듯이 사례한다.

"됐어. 저 사람 이런 거 좋아하거든."이라고 지나쓰가 매정하게 말한다.

"맞아요. 저, 실은 이런 일을 하고 싶었거든요."라며 마사타카는 사람 좋은 웃음을 짓는다. 마사타카는 자동차 제조 회사에서 영업을 한다.

"고마워요." 도시코는 다시 고개를 숙인다.

"그만해요."라며 지나쓰가 말을 꺼냈다.

"뭐를?" 도시코가 되물었다.

"초밥집에 데리고 다닌다며?"

근처에 살면 이런 정보도 지나쓰의 귀에 들어온다. 기요세 역 앞 회전 초밥집에서 젊은 며느리, 손주와 함께 있더라고. 게다가 이카오크라를 몇 접시나 시키더라, 하는 세세한 정보까지.

"뭐 어떠니. 친한 사인데."

"저쪽에는 민폐지. 이혼한 며느리를 누가 데리고 다녀. 그리고 어차피 갈 거면 쩨쩨하게 굴지 말고 돌아가지 않는 초밥집으로 가든가."

도시코는 지나쓰의 잔소리는 무시한 채, 마사타카에게 "고마워요. 차 좀 마셔요."라며 권했다.

료타가 신고를 데리고 도시코의 단지를 찾은 건, 정말로 오랜만의 일이다. 마지막에 온 때가 아직 보육원에 다니던 시절쯤이었을 터다. 초등학생이 되면서부터는 함께 왔던 기억이 없다. 교코가 몇 번인가 데려온 적은 있는 것 같지만, 아버지의 장례식 때도 식장에서 잠깐 만난 것이 전부였다. 교코가 회사에 가 봐야 한다면서 분향을 하자마자 신고를 데리고 서둘러 돌아가 버렸기 때문이다.

전차에 올라타서도 료타는 신고에게 옛날 이야기를 계속했다. 그러나 신고는 그다지 흥미를 보이지 않는다.

그래도 신고에게 무언가를 전해 주고 싶은 마음에 료타는 계속 떠들었다.

버스로 갈아타고 단지에 가까워질수록 그 마음이 한층 강해졌다.

"저기, 저거 봐, 저기가 아빠가 다니던 주판 학원이야. 엇! '중화 8번지' 없어졌네. 저기 차슈가 맛있었거든. 호시자키라는 저 가게 주인집 외동아들이랑 같은 반이었는데, 소풍 갈 때 차슈를 가져왔었거든. 그게 엄청 인기여서, 다들 반찬 바꿔 달라고 해 대고……."

신고는 창밖을 보면서 아버지의 이야기를 멍하니 듣는다.

버스에서 내려서도 료타의 수다는 멈추지 않는다. 단지 안을 걸으면서 어릴 때 동급생들의 일화를 잇달아 폭로한다. 좀처럼 신고의 흥미를 끄는 이야기가 없는 듯싶더니, 공원에 접어들어 출입 금지 표시가 된 문어 모양 미끄럼틀 이야기에는 솔깃한 눈치다.

"저기 문어같이 생긴 미끄럼틀 있잖아? 아빠, 태풍 올 때면 과자 들고 나와서 저 속에서 먹고 그랬어."

"에? 누구랑?"

"할아버지랑, 한밤중에."

신고가 발걸음을 멈추고 미끄럼틀을 쳐다보며 눈동자를 빛낸다. 오늘 하루 동안 가장 즐거워 보이는 얼굴이다.

"밤에? 캄캄하지 않아?"

"손전등 들고 갔지."

"안 혼났어?"

"누구한테?"

"엄마한테."

교코를 말하는가 싶었으나 곧바로 착각했음을 알아차렸다.

"엄마면, 아빠 엄마 말이야? 할머니는 몰라. 깨지 않도록 몰래 나가서, 조용히 돌아왔거든."

그러고 보니 어머니를 '엄마'라고 불렀던 기억이 없다. 옛날엔 '엄마'라고 부르면 동급생들에게 놀림을 받았더랬다.

더 걸으니 급수탑이 보였다. 단지에 안정적인 수압으로 물을 공급하기 위한 시설이다. 하부는 거대한 원통이고, 상부의 물을 모으는 부분은 뒤집어 놓은 원뿔형으로 차차 넓어진다. 최상층에도 급수를 해야 해서 5층보다도 높다. 족히 이십 미터가 넘는 높이다.

"저거, 급수탑 알아?"

"응, 알아."

"아빠가 너만 할 때, 올라갔었어, 친구랑."

"헤에⋯⋯." 신고가 급수탑을 올려다보며 질겁한 표정을 지었다.

"시바타라는 녀석이 쫄아서 내려오지도 못해 가지고 말이야."

'세이부 주택에 단독 주택을 산 대기만성 시바타'다.

"왜 올라갔어?"라며 신고는 의외의 각도에서 치고 들어왔다.

"왜라니? 그게, 그러니까, 심벌이거든, 이 단지의."

이유 같은 건 생각해 본 적이 없었다.

"이상해." 신고가 중얼거렸다.

"이상할 거 없어. 저런 거 안 해 봤어?"

"안 해."라며 신고는 앞서 걸어 나간다.

신고의 개성인 건지, 시대가 그래서인지, 라며 료타는 생각에 잠긴다. 하지만 생각한다고 답이 나올 리도 없고, 신고와 함께한 시간이 적었다는 사실을 통감할 뿐이었다.

도시코의 집에 도착하자, 신고는 지나쓰의 딸들과 도시코가 하고 있던 '태고의 달인'이라는 게임에 금세 합류했다. 이런 점에선 영락없는 아이다.

료타가 어렸을 때는 사촌들과 이 정도로 쉽게 어울리지 못했다. 오랜만에 만나면 서로 의식하느라 익숙해지기까지 시간이 걸렸던 것 같다.

지나쓰의 남편 마사타카가 부엌 구석의 간이 의자에 앉아 스푼으로 '아이스'를 깨작깨작 긁어내면서 "오랜만!"이라며 구김살 없는 미소와 함께 료타에게 인사한다. "오셨어요."라고 답한다. 마사타카는 언제나 붙임성이 좋다. 낯을 가리는 료타와는 다른 타입이다.

료타는 앉을 자리를 찾지 못해서 하는 수 없이 부엌 테이블을 사이에 두고 지나쓰와 마주 보는 모양으로 앉게 됐다.

"누난 뭐 하러 와 있는 거야."

"왜? 있으면 뭐가 불편해?"

분명 료타에게는 불편했다. '목적'이 있기 때문이다.

"그런 건 아니지만……."이라며 말을 흐린다.

"네가 깨트린 유리 고치러 왔잖아. 태풍에 비 들이치지 말라고."

"허어……, 효도하네."라며 응수한다.

"네 몫까지 하느라고 힘들다."라는 역공을 받았다. 비아냥거림도, 아니꼬운 말도 지나쓰에게는 당해 낼 수가 없다.

"말은 잘하시네. 반찬 정도는 직접 만들지 그래."라며 간신히 반격했다.

"이것도 일종의 효도랍니다."라고 지나쓰는 가볍게 받아넘긴다.

"웃기시네."라고밖에 료타는 말할 수 없었다.

도시코가 게임을 하다 말고 부엌으로 들어왔다.

"왜?"라며 지나쓰가 어머니 가는 곳을 바라본다.

"아쥬가 목마르대서, 칼피스를 좀."

"됐어. 물 마시면 돼."라며 지나쓰가 딸을 나무란다.

둘째 딸인 아쥬는 개의치 않고 "할머니, 진하게 타 줘."라며 주문을 덧붙인다. 아쥬가 료타 앞에서 빙글빙글 돈다. 그러더니 오른손을 높이 치켜들어 자세를 취한다.

"나 말이야, 피겨 배운다. 할머니가 돈 내 준댔어."라며 료타에게 자랑하더니 빙글빙글 돈다. 그리고 다시 오른팔을 높이 추켜올린다. 틀림없이 하뉴 유즈루 선수의 영향이다.

"오, 아주 지구 끝까지 돌아서 가겠네."라며 아쥬를 놀려 주고는, 목소리를 낮춰서 지나쓰를 공격했다.

"그런 거였구먼. 대단한 효도로세."

"뭐가 그런 거야."

"'피갸'라니 어느 집 아가씨야."

"피겨네요. 서민이 하면 안 됩니까?"

"그럼, 자기 돈으로 하시지 그러세요?"

"비싼 레슨비 내 가면서 바이올린 배운 사람은 어느 집, 어느 도련님이신지?"

료타는 초등학생 때 어머니를 조르고 졸라서 바이올린을 배웠던 적이 있다. 음악을 좋아하기도 했지만, 바이올린 주자가 주인공이었던 드라마에 빠졌던 것이다. 그러나 실력은 좀처럼 늘지 않는 데다, 바이올린 케이스를 메고 걸어가면 단지의 친구들이 지독하게 놀려 대서 금방 포기하고 말았다.

하여간 누나에게는 도무지 이길 도리가 없다.

"수작 부리지 마셔, 엄마한테도 나한테도."라며 지나쓰가 못을 박았다.

료타는 고개를 떨구는 수밖에 없었다.

지나쓰는 "너희들, 그거 마시면 돌아갈 거야."라고 딸들에게 말한 뒤, 료타에게 "너 자고 갈 거야?"라고 물었다.

"아니, 나도 돌아가야지. 신고는 교코가 데리러 온다고 했어."

전화로 본가에 와 있다고 전하자 교코는 격하게 화를 냈다. 태풍이 가까워지면서 비바람도 제법 거세졌다. 이케부쿠로까지 신고를 데리고 가겠다고 료타가 말하자 "이렇게 바람이 센데 어딜 데리고 나오겠다는 거야."라고 다시 한 소리를 듣고서 결국 교코가 데리러 오기로 했다. "데리러 와 봤자 똑같잖아."라고 료타가 대꾸하자 "택시!"라는 한마디와 함께 전화가 끊겼다.

마사타카가 괜히 들뜨기 시작한다.

"에? 교코 씨, 온대? 그럼 좀 더 있을까나."

그 모습을 보고 있던 지나쓰가 쌀쌀맞게 핀잔한다.

"처남 와이프 생각하면서 어딜 헤벌쭉하고 있어."

"아니지 아니지, 어디까지나 전처잖아, 전처."라며 진심을 담아 말한다.

"갈 거야. 태풍이 코앞까지 와 있어."라며 지나쓰는 남편은 내버려 두고 딸들을 재촉한다.

"어라? 몇 시에 온대? 교코 씨."라며 마사타카는 료타에게 진지한 얼굴로 묻는다.

"5시는 넘을 거 같은데요."라고 료타가 대답한다.

"그런가……."라며 마사타카가 시계를 쳐다본다. 4시 반이다.

"그렇게 만나고 싶으세요, 제 전처를?"

료타의 비아냥거림은 마사타카에게 들리지도 않는다. 시계를 보면서 교코를 만나지 못한다는 사실을 연신 아쉬워할 뿐이다.

마사타카의 바람은 아슬아슬하게 이루어졌다. 차를 타고 떠나려는데, 마침 교코가 나타났다. 비바람이 심해서 우산을 써도 온몸이 젖었다.

"교코 씨! 잘 지냈어?"

비가 들이치는 것도 마다하지 않고 마사타카는 차창을 모두 내려서 교코에게 손을 흔들었다.

"아, 예에."

"서두르는 게 좋아, 태풍이 무진장 세졌어."라며 마사타카는 비에 얼굴이 흠뻑 젖는데도 싱글벙글 웃는다.

"네네, 감사합니다."라고 교코가 대답하자, 뒷좌석 창문이 열리더니 첫째 딸 미노리가 교코에게 손을 흔든다.

"미노리, 입시 시작했지. 힘내."라며 교코가 응원한다.

"이미 도립은 무리인 거 같아. 사립 갈래."라는 미노리의 우는소리에 교코가 난처해하니, 지나쓰가 "무슨 바보 같은 소리를 하고 있어. 도립밖에 안 돼."라고 말하고 교코에게 웃어 보였다.

그러자 둘째 딸 아쥬도 얼굴을 내밀고 "나, 피겨 배운다. 겨야 겨, 피겨."

"좋겠네, 바이바이."라며 교코가 손을 흔든다.

"그럼, 또 봐. 젖으니까 빨리 가 봐."라며 지나쓰도 손을 흔든다.

"실례할게요."라며 교코가 계단을 뛰어 올라간다.

그 뒷모습을 히죽거리며 바라보는 마사타카를 지나쓰가 딱 내려친다.

"비 들어오니까 닫으라고 좀!"

화는 냈지만 지나쓰도 교코를 좋아했다. 미인이면서 젠체하는 것 없이 붙임성도 좋고, 눈치가 빠르다. 남편뿐만 아니라 아이들도 교코를 잘 따랐다. 물론 어머니도.

사이가 좋지 않은 건 료타뿐인가, 라고 지나쓰는 생각했다.

5

교코가 초인종을 울리자, 마치 기다렸다는 듯이 도시코가 문을 열었다.

"어머나!"라며 비에 흠뻑 젖은 교코를 보더니 타월을 가지러 들어갔다.

"어머님, 죄송해요. 이럴 생각은 아니었는데⋯⋯."

"괜찮아. 오히려 북적거리고 좋지."라며 안에서 도시코가 대답한다.

그때 신고와 료타가 나란히 나타났다. 둘 다 신이 났다.

신고는 야구 스파이크를 신고 있다.

"얘, 그거 벗지 못해! 집 안에서 뭐하는 거니."라고 교코가 나무란다.

"새거야. 밖에서 안 신었는걸."이라며 신고는 딸깍딸깍 스파이크를 신은 채로 걸어 보인다.

"새거라도 안 돼. 부정 타."라며 교코는 고개를 저었다. 교코가 신경 쓰는 건 장례 치를 때 친족들이 신발을 신은 채 집 밖으로 관을 옮기는 관습 때문이었지만, 신고는 신나서 어쩔

줄 모를 뿐이다.

료타는 "나야, 내가 사 줬어."라며 연신 어필하지만, 교코는 전혀 듣지 않는다. 료타가 다시 "역에서 버스 타고 올 때 헤매지 않았어? 노인을 위한 뭐가 생겨서 노선이 바뀌었더라고."라며 말을 건다.

"전에 와 봐서 알아."라며 교코는 간단히 료타를 무시한다.

료타는 교코와 신고가 도시코와 함께 '초밥 모임'을 가졌다는 사실을 알지 못한다. 역 근처에서 먹고, 가끔씩 단지까지 배웅해 오곤 했던 것이다.

"안 돼. 벗어. 바닥에 상처 나."라며 교코가 신고를 다그쳤다.

"괜찮아, 어차피 상처투성이인데."라며 도시코가 타월을 들고 나타나서는 "할머니랑 똑같아."라고 말하며 웃는다.

"죄송해요." 타월을 받으면서 교코도 웃고 만다.

"교코 씨, 신발 벗고 들어와요. 옷 말려야지." 도시코가 말하며 신고와 함께 안으로 들어갔다.

그 찰나에 교코가 료타를 매섭게 쏘아봤다.

"제발 걱정 좀 시키지 말아." 작지만 성난 목소리가 뚜렷했다.

"꼭 오고 싶다잖아, 신고가."

"또 애 핑계나 대고."라며 더욱 엄한 얼굴로 료타를 노려본다.

"저기, 교코 씨, 이리 와요. 감기 들겠어."라며 안에서 도시코의 목소리가 들려온다.

"네, 그럼, 잠깐만."이라고 집 안으로 들어가며 다시 료타를 힐끗 째려본다.

집에 들어오자마자 바로 돌아가겠다고도 못 하고 있는데, 도시코는 저녁을 먹고 가라 한다. 무턱대고 거절할 수는 없어서, 교코는 응하기로 했다.

료타와의 폭풍 같았던 결혼 생활 동안, 교코는 마음속으로 도시코를 원망했던 적이 몇 번이나 있다. 도대체 어떻게 키웠길래 이럴 수 있지?, 라고. 그러나 막상 도시코가 앞에 있으면 그런 생각은 마치 안개가 걷히듯이 사라지고 마는 것이었다. 너글너글한 마음씨에 거리낌이 없고, 가끔씩 놀랄 정도로 악담을 퍼붓기도 하지만 그건 통쾌한 정도였다. 그런 한편 세심한 배려심을 지닌 데다 상냥하고, 재미있고, 금세 쓸쓸해하고……. 교코는 도시코를 좋아했다.

메뉴는 카레 우동으로 정해졌다.

도시코는 대형 지퍼락 통에 채워 얼려 둔 카레 우동용 쓰유를 전자레인지로 해동해서, 냄비에 옮겨 담았다. 오 인분은 거뜬하다. 감자를 넣는 것이 시노다 집안의 단골 레시피인데, 같이 얼리면 감자가 설컹설컹해져 버린다.

그래서 감자를 자르는 임무는 교코가 맡았다. 그리고 유부도 넣는데, 그것은 신고가 담당했다. 신고는 의외로 꼼꼼하게 직사각형으로 유부를 자른다.

료타는 거실에 선 채로 그 모습을 바라보는데, 왠지 모르게 싱숭생숭하다.

"완두콩도 넣어 줘요. 색깔이 저거 하니까."라며 료타가 어머니에게 주문을 더한다.

"네네." 하며 도시코는 이것 역시 냉동해 둔 것을 꺼내서 냄비에 넣는다.

요리를 하는 동안 신고의 키가 이야깃거리로 올랐다.

"앞에서 다섯 번째였다고 했나?"라며 교코가 다정한 목소리로 묻는다.

"아니, 세 번째."라며 이번에는 비엔나소시지를 공들여 둥글게 썰면서 신고가 대답한다. 요리하는 게 아주 마음에 드는 모양이다.

"그래, 쟤도 중학교 들어가면서부터였어."라며 도시코가 료타를 가리키더니 덧붙인다.

"갑자기 컸다니까. 아버지도 그랬다고 했었어. 그러니까 신 짱도 중학교 들어가면 키가 클 거야. 원래 얘는 여기 이 다리가 튼튼하거든. 반드시 키 클 다리야."라며 도시코가 신고의 다리를 쓰다듬는다.

"뭔 소리야, 개도 아닌데 다리 같은 게 무슨 상관이야."

도시코는 이미 료타의 말 따위는 듣지 않는다. 우동 건면을 삶기 시작한 것이다.

"키 클 거래, 좋겠네."라며 교코가 기쁜 듯이 웃는다.

신고가 칼질하던 손을 멈추고 료타를 바라봤다. 정말로 저렇게 커지는 걸까, 하고.

"키 클 거야, 클 거야, 클 거야."라며 료타가 끄덕여 보인다.

"세 번 말하면 거짓말 같아."라며 신고가 웃었다.

도시코는 지나쓰가 가져온 삼색 경단을 간식으로 먹었던 터라 배가 고프지 않다며, 작은 공기에 조금만 담아서 금방 먹어 치웠다.

그러더니 '경로의 날' 글짓기 대회에서 금상을 받았다는 작문을 읽어 달라고 졸랐다.

료타도 아직 우동을 다 먹지도 않은 신고에게 "그래, 읽어 봐, 읽어 봐."라며 연신 재촉한다.

신고가 작문을 손에 들고 읽기 시작했다. 제목은 「존경하는 할머니」다.

도시코는 스스로 읽어 달라고 졸라 댄 것치고는 신고가 작문을 읽는 동안에도 괜히 일어나서 서랍장 안을 들여다보거나 하면서 가만히 있지를 못한다. 쑥스러워서 그러는 거라고 료타는 생각했다.

"…… 할머니 집에서 입은 손수 만든 기모노는 아주 잘 만들어졌는데, 제가 입으면 모두 좋아해 주셔서 기쁩니다. 하지만 '귀여워.'라고 하시는 건 조금 부끄럽습니다. 그렇게 저에게 여러모로 잘해 주시는 것은 감사하지만, 너무 열심히 하시면 지치니까 가끔씩 쉬세요. 할머니, 앞으로도 오래오래 사세요." 쑥스러운 듯이 글을 읽은 신고가 "끝." 하고 말했다.

"이걸 보여 주고 싶어 했구나, 할머니한테. 그렇지? 응?"이라며 료타가 신고를 떠밀듯이 재촉한다. 마지못해 신고가 끄덕인다.

"아이, 기뻐라……. 그래도 이왕 존경한다면 테레사 수녀님이나 우주 비행사인 누구누구 씨로 하는 게 듣기 좋을걸."

멋쩍음을 감추려고 괜한 말을 하면서, 도시코는 사진 몇 장을 교코와 신고에게 보여 준다.

한 장은 전날 료타에게도 보여 줬던, 귤나무에 앉은 청띠제비나비 사진이었다.

"예쁘네요. 이런 나비가 다 있어요?"라며 교코가 놀란다.

"응, 근처에 아직 숲이 많거든."

부엌 테이블에서 밥을 먹던 료타가 사진을 건너다봤다.

역시 마치다가 말했던 청띠제비나비다.

정말로 귤나무 잎을 먹고 자랐는지 물어보려는데 도시코는 다른 사진을 료타에게 보여 줬다.

"이건 파출소 뒤에서 찍은 거."

텃밭이 찍혀 있다. 딸기가 자라고 있다.

"아아, 이젠 사라지고 없잖아? 이 텃밭."

그 사진은 옛날에 도시코가 공들여 가꿔 온 텃밭의 사진이었다. 근처의 큰 농가에서 농지 일부를 단지 주민에게 싼 가격으로 빌려주었던 것이다. 거기서 도시코는 채소며 과일을 키웠다. 그러나 그 농지도 지금은 택지로 조성되어 주택이 들어섰다.

"딸기, 맛있었지, 신 짱."

"응."이라고 대답하며 신고는 남은 우동 수프를 후루룩 마신다. 직접 도와서 만든 카레 우동이라 그런지 한층 더 맛있나 보다.

"너, 더 먹을래?"라고 도시코가 료타에게 묻는다.

"아아, 그럴까."라며 료타가 사발을 내민다.

"배고팠구나." 도시코가 깨끗하게 비워진 사발을 보며 말했다.

점심을 걸렀던 터라 료타는 몹시 배가 고팠다.

"신고도 더 먹을래?"라고 료타가 권한다.

"응, 먹을래."라고 답하자 교코가 신고의 사발을 부엌으로 가져간다.

"맛이 딱 알맞게 들었어요."라며 교코가 도시코에게 사발을 건넨다.

"그렇지? 가쓰오로 육수를 냈거든. 아버지가 좋아해서,

왕창 만들어서 저거 해 놨는데."

　도시코가 사발에 음식을 담으면서 말했다.

　"그럼, 반년은 지났다는 거잖아."

　"이미 먹어 버려서 어차피 늦었네요."라고 도시코가 놀리면서 새로 카레를 담은 사발을 료타 앞에 놓는다.

　료타는 냄새를 맡아 보지만, 당연히 카레 냄새밖에 나지 않는다.

　"남자들은 걸핏하면 유통 기한부터 따진다니까."라고 교코도 호응하면서 신고 앞에 사발을 놓는다.

　"맞아."라며 도시코가 맞장구친다.

　"따져야지, 당연한 거 아냐? 그렇지, 신고?"라며 동의를 구해 보지만 신고는 웃을 뿐 대답하지 않는다.

　"너, 셔츠에 카레 튀었다."라고 도시코가 말했다.

　료타가 내려다보니 정말로 셔츠에 카레가 튀었다. 도시코가 행주를 가져다 그것을 날름 입으로 빨아서 적시더니 료타의 셔츠에 비볐다.

　"앗, 지금 그거, 입으로 빨았지. 더럽게."

　료타가 막아 보려고 하지만, 도시코는 개의치 않고 다시한 번 듬뿍 침을 묻혀 비빈다.

　"엄마한테 더럽다니 무슨 소리야. 네 똥오줌 씻고 닦아 준게 누군데."

　도시코가 꾸짖는 틈을 타서, 료타는 싱크대로 가서 셔츠를 물에 적셔 빤다.

　"정말이지 남자란 누가 옆에 있어 주지 않으면 안 된다니까, 그렇지?"

　도시코는 교코에게 들으라는 듯이 말했다. 교코는 몸이

굳어서 무어라 대답하지도 못했다.

　식사를 마치고 교코는 신고를 재촉하며 돌아갈 준비를 시작했다.

　그것을 본 도시코가 "자고 가려무나……."라고 울 것 같은 목소리로 부탁한다.

　바깥의 비바람 소리가 상당히 거세졌다.

　료타는 택시 회사에 전화를 거는 중이다. 그러나 좀처럼 받지를 않는다.

　"이런 날에 할머니를 혼자 남겨 두고 갈거니?"라며 더욱 가냘프고 스러질 듯한 목소리로 호소한다.

　신고와 교코는 움직임을 멈추고 말았다.

　"이럴 때마다 죽는소리 좀 하지 말아. 그냥 내버려 둬."라며 료타가 핀잔을 준다.

　그러나 도시코는 포기하지 않는다.

　"담요도 남는데, 시트도 빨아 놓은 거 있고……."

　교코가 난처한 표정으로 "그래도 내일 학교가……."라며 신고를 본다.

　"어차피 휴교할 거야."라고 말하며 도시코는 신고에게 "그렇지?" 하며 매달린다.

　"오후 수업부터 할지도 몰라."라고 신고가 대답했다. 큰눈이 내렸을 때도, 작년에 태풍이 직격했을 때도 오후에 등교한 적이 있다.

　"거봐! 거기다 위험해. 이렇게 비바람이 몰아치는데, 뭐가 날아올지 모르잖니."

　"그게, 그래도 갈아입을 옷도 없고……."

교코의 말에도 일리가 있다. 그러나 도시코는 더욱 물고 늘어진다.

"…… 아무리 해도 저거 하면, 내일 아침에 일찌감치 나가면 되잖니."

"택시는 전부 나가고 없다는데. 데리러 오려면 못해도 삼십 분은 걸린다네."라고 료타가 어머니에게 낭보를 전한다.

"거봐, 이런 시간에 돌아가면 신고 군도 잠 못 자서 몸에도 안 좋아."라며 마지막에는 설득하는 어조가 되었다. 온갖 수단과 방법을 총동원한다.

이렇게까지 나오면 교코도 더는 당해 낼 수가 없다.

"그럼, 그렇게 할까?"라며 신고를 살펴봤다.

"응." 하고 답하는 신고의 얼굴이 신나 보인다.

도시코는 갑자기 생기를 되찾더니 "자 그럼, 목욕물부터 받아야겠다, 따뜻한 목욕물."이라고 말하면서 욕실로 향했다.

"그리고 칫솔이랑 파자마도."라며 멈춰 서더니, "교코 씨는 지나쓰네 미노리가 입던 거라도 괜찮을까? 빨아 놓은 게 있는데. 신고 군은 재작년에 입었던 거는 이제 못 입겠지?"라고 말하는 모습이 즐거워 보인다.

"갑자기 기력이 살아났네."라며 료타는 미안한 듯이 머리를 긁적였다.

욕실에서는 가스 불을 붙이려고 스위치를 누르는 찰카닥 소리가 들려왔다. 료타는 오랜만에 그 소리를 듣고 옛날 생각이 나서 조금 애틋한 기분이 들었다.

나비 이야기가 다시 생각났다. 그때 왜 어머니는 유충이 귤나무 잎사귀를 먹고 자라서 나비가 되었다고 했을까. '꽃도 열매도 생기지 않는다.'라는 섭섭한 말을 한 것이 미안해서 거짓말이라도 했던 걸까, 라는 생각이 들었다. 그러나 그것은 어머니답지 않다.

베란다에서 귤나무가 바람에 흔들리는 것이 보였다.

근처에 있는 잠목림 속에서 녹나무를 먹고 자란 것이, 베란다 귤나무에 들러서 쉬고 있었을 뿐이었던 청띠제비나비. 그게 어쩌면 자기 자신일지도 모른다고 료타는 생각했다.

독신 생활이 궁핍해져 갑자기 돌아온 아들. 그것을 청띠제비나비와 비겨 생각했던 건가, 돌아오지 않는 불초한 아들을 기다렸던 것은 아닐까, 라고.

좀처럼 목욕탕 보일러에 불이 붙지 않는 모양이다.

찰카닥, 찰카닥…… 언제까지고 소리가 들려온다.

거실에 도시코와 신고 둘만 남았다.

료타는 목욕하러 들어갔고, 교코는 전화를 한다며 료타 방으로 들어갔다.

도시코는 벽장 위에 있는 다락장에서 비닐 끈으로 동여맨 종이 다발을 꺼냈다. 그것은 료타의 초, 중, 고등학교 시절에 받은 수상의 역사였다. 주로 글짓기 대회 같은 데서 받은 상장이지만, 사이사이에 문집이나 고등학교 시절에 투고한 단편 소설이 처음으로 게재된 동인지 같은 것도 함께 들어 있다.

도시코는 그것을 풀어서, 료타가 초등학교 5학년 때 교내 글짓기 대회에서 상장을 받았던 작문을 골라냈다.

학교에선 실제로 일어났던 은행 강도의 충격적인 인질 사건에 대해 글을 쓰도록 했음에도, 료타는 그 뉴스를 알기 전까지 무엇을 하였는지를 유머러스하게 써냈다. 게다가 원고지 두 장에 빽빽하게 쓰인 작문에는 마침표가 하나밖에 없었다.

모조리 쉼표로 이어져 있다. 일부 교사는 이 작품을 "최악."이라고 평가했지만, 교사 한 명이 강하게 밀어붙였다. "흥미롭다."라면서. 그 의견이 받아들여져서 상을 받은 것이다. 그러나 료타가 쉼표투성이인 작문을 의도했던 것은 아니었다. 교사의 물음을 받고서야 처음으로 알아차렸다.

도시코가 그 작문을 신고에게 건넸다. 신고는 완전히 누렇게 바래 버린 원고지에 쓰인 아버지의 작문을 읽기 시작한다.

"아빠는 어릴 때부터 글쓰기를 잘했어."

"흐응⋯⋯." 신고는 그다지 흥미를 보이지 않는다.

"신 쨩한테도 문재(文才)가 있을지도 몰라."

"문제가 있어?"

"그런 얼굴하지 말아. 나쁜 거 아니야."

"그래?"

"응, 아주 멋진 거야. 누구나 가질 수 있는 게 아니거든."

그래도 신고는 여전히 불안해 보인다. 도시코가 신고의 머리를 가만히 쓰다듬었다.

"아빠 닮고 싶지 않아?"

"응."

"왜?"

"엄마는 아빠가 싫어서 헤어졌잖아."

"그게." 도시코가 황급히 말을 가로막는다.

"좋아했으니까 결혼한 거야. 그래서 너도 태어났고."

신고가 잠시 생각에 잠긴다.

"아빠는 우리를 좋아할까."

신고의 말이 도시코의 가슴을 찌르는 것 같았다. 료타가 가정을 돌보지 않았던 일은 알고 있다. 당연한 업보일 수도 있겠으나, 신고는 료타의 사랑을 의심하는 것이다.

"그거야…… 당연하지 않니……."라고 도시코는 말했다.

그러자 신고의 표정이 조금 누그러졌다.

"그럼, 복권 당첨되면 다시 다 같이 살 수 있을까나."

너무나 가여웠다. 신고는 부모가 이혼한 가장 큰 원인이 돈 문제라는 것을 아는 것이다.

"그러게…… 그러면 좋겠네……."라고밖에 도시코는 말할 수 없었다.

"그러면 큰 집도 지어서, 할머니도 같이 살아요."

"어머, 기쁘기도 하지. 꼭 그렇게 해 주렴."

도시코는 눈에서 눈물이 흘러내리는 것을 참을 수가 없었다.

료타의 방에는 교코가 있다. 후쿠즈미로부터 전화가 왔었다. 방에 들어와서도 전화를 받을 수가 없었다. 그러자 두 번, 세 번 잇달아 전화벨이 울린다.

그러나 받지 않았다. 이 상황을 어떻게 설명해야 할지 몰랐기 때문이다. 전남편의 본가에, 전남편과 아들과 함께 묵는다는 것을. 아무리 태풍이 왔다고 해도 후쿠즈미는 기분이 상할 것이다. 어쩌면 차로 데리러 온다고 할지도 모른다. 그러면 료타와 대면하게 된다. 풍파를 일으키고 싶지 않았다.

조금 시간을 두고, 비바람이 심해서 전화가 온 줄 몰랐는데 어찌어찌 집에는 돌아왔다는 문자라도 보내자. 아직 후쿠즈미를 집에 들였던 적은 없다. 설마 오늘 같은 밤에 오겠다고는 하지 못하리라.

료타의 방에 들어온 것이 처음은 아니다. 결혼했을 때 시댁에서 묵으면, 이 방에 틀어박혀서 예전에 료타가 읽었을 소설을 탐독하곤 했다.

책장이 옛날 그대로였다. 한 권의 단행본이 눈에 들어왔다. 가와카미 히로미의 『뱀을 밟다』였다. 자기 발에 밟힌 뱀이 어머니로 둔갑하여 집에서 함께 지내게 된다는, 몽환적인 분위기와 독신 여성의 리얼리티가 공존하는, 희한한 느낌의 소설이었다. 가와카미 히로미에게 푹 빠져 모든 작품을 섭렵했지만 그중 『뱀을 밟다』를 가장 좋아해서 대학 시절에 몇 번이고 반복해서 읽었다.

료타도 읽었더랬다. 료타는 뱀을 어떤 메타포라 생각해서, 그 심오한 해석에도 감명을 받았다.

그러나 교코는 이야기 자체에 빠져서, 해석 같은 것은 내버려 두고 그저 즐겼다. 처음에 료타는 "도피다."라고 비판하면서도, 점점 교코에게 동조해 왔다. "그러는 편이 마음 편하다."라고 말하면서……

교코는 옛날 생각이 나서 그 책을 꺼내 들고 페이지를 열어 보았다.

료타는 욕조에 몸을 담근 채로 여전히 청띠제비나비를 생각하고 있는데, 긴급 사태가 들이닥쳤다. 욕실 파이프에서 부유물이 자꾸 흘러나와 떠다니는 것이다. 료타는 그것을 손잡이가 달린 바가지로 떠서 밖으로 버렸지만, 욕조가 너무 좁은 탓에 몸을 움직이기가 쉽지 않았다. 결국 물을 더 틀어서 욕조 가장자리로 흘러넘치게끔 하여 일소했다.

"간만에 욕조를 썼더니, 되게 좁네."라며 료타가 거실로 얼굴을 내밀었다. 거실에서는 교코와 신고가 인생 게임을 하고 있다. 도시코가 아이들을 위해서 사 둔 것이다. 이미 게임은 끝났는지, 각자 말들이 결승 지점에 모여 있다.

"신고도 목욕할래?"라고 말을 걸면서 료타는 냉장고에서 캔 맥주를 꺼내 마신다.

도시코는 부엌 테이블에서 그림 편지를 그리는 데 열심이다.

"어떡할까……."라며 신고가 망설인다.

료타는 "씻고 와, 개운해질걸."이라고 말한 뒤 목소리를 낮춰 도시코에게 "파이프 청소 좀 하는 게 좋겠어. 시커먼 것들이 부글부글 나오더라."라고 이야기했다.

"아아, 마쿠로쿠로스케?"라며 도시코가 웃는다.

생각해 보면 료타가 중학생 때부터 나타났던 현상이다. 욕실용 파이프 브러시로 한 번씩 청소를 해 줘야 하는데, 깜빡 잊어 버리기라도 하면 다시 나타나는 것이다. 옛날부터 시노다 집안에서는 '검댕'이라 불러왔지만, 지나쓰네 딸들과 「이웃집 토토로」를 본 뒤로 도시코는 마쿠로쿠로스케라고 부르기 시작했다.

옆에서 그 소리를 들은 신고가 "마쿠로쿠로스케 나와?"라고 관심을 보이며 묻는다.

"나오지요. 목욕물에 섞여 나오는 거지만."이라며 도시코가 양손을 앞으로 늘어뜨리고 요괴 같은 흉내를 낸다.

료타는 이상한 낌새를 느꼈다. 교코가 등을 돌린 채로 앉아서 꼼짝도 않는다. 어머니가 무슨 장난을 치거나 하면 항상 반응했었는데, 아무 말이 없다.

"인생 게임 했구나. 다음 판은 셋이서 하자."라고 료타가 말을 걸어 봤다.

"그럼, 엄마는 한 번 쉴래. 둘이서 하세요."라고 교코는 확실히 냉랭한 말투다.

거기에 가장 민감하게 반응한 쪽은 신고였다.

"그럼, 난 목욕하러 갈래. 쿠로스케도 보고 싶고."라며 도망치듯이 욕실로 가 버린다.

"어머니, 신고 목욕한대, 좀 봐 줘요."

"예예."라며 도시코가 신고를 따라 욕실로 향했다.

료타는 교코 앞에 앉았다. 교코의 심기가 뚜렷하게 불편해 보이는 것이 명백하다. 시선을 맞추려고도 하지 않는다. 이럴 때 료타는 교코를 가만히 두지를 못한다.

"그럼, 둘이서 해 볼까?"

"할 리가 없지. 당신하고 인생 게임이라니, 어울리지가 않잖아."

교코는 거칠게 게임을 정리하기 시작한다.

"왜 화를 내고 그래?"

"오늘 당신 뭐 했어, 신고랑?"

돈 얘기가 아니었구나, 라는 생각에 료타는 긴장이 풀렸다.

"그게, 스파이크 사고, 햄버거 먹고……."라고 말한 뒤 황급히 덧붙였다. "맥도날드는 안 갔어. 모스였어, 모스."

그러나 분노의 원인은 그게 아니었다.

"그다음엔 뭐 했어?"

그제야 료타는 복권을 말하는 거구나, 라고 깨달았다.

"부탁이니까 당신 '취미'에 자꾸 끌어들이지 말아 줘."

"복권 정도는 괜찮잖아."라고 변명해 본다.

교코의 눈빛이 달라졌다.

"나는, 신고를 성실한 아이로 키우고 싶어. 도박으로 돈이나 따려는……."

료타가 교코의 말을 손으로 저지했다.

"복권은 도박이 아니지."

"도박이야."

"바보구면, 달라."라며 료타는 정색을 하고 말한다.

"그럼, 뭐라고 불러?"

"꿈이지. 삼백 엔으로 꿈을 사는 거야."

"그거나 그거나."라고 교코는 매정하게 받아쳤다.

"그런 소리를 하면 전국 6000만의 복권인을 적으로 돌리는 거라고."

도박한다고 싫은 소리를 들으면 늘 하는 소리다.

"괜찮아. 적으로 돌려도 상관없어."라며 교코는 상대해 주지도 않는다.

그때 "으잇샤!" 하는 도시코의 목소리가 들린다. 벽장에서 담요를 내리는 것이다. 교코가 도우려고 일어섰다. 그 뒤를 료타도 따라간다.

침실에는 담요 두 장이 나란히 깔려 있고, 거기에 베개 세 개가 놓여 있다.

"어머니, 이건 좀……."이라며 료타가 도시코를 말려 본다.

"너희 아버지 것이긴 한데, 클리닝 맡겼던 거라 괜찮아." 라며 도시코가 못 들은 척 넘긴다.

"아니, 그게 아니고, 이제, 우린 저거라서……."

차마 '남'이라고는 말하지 못했다.

"곤란합니다."라고 교코가 분명하게 말했다.

"뭐 어떠니? 신고 군 사이에 끼고 누우면 괜찮잖아? 나는 저쪽 거실에서 널브러져 잘 테니까. 바깥에선 비가 몰아쳐도, 오랜만에 식구끼리 좋잖아."

농담처럼 말하면서 도시코는 그새 이부자리 펴는 일을 마쳤다.

교코는 말없이 이부자리를 바라볼 뿐이다.

"아, 이거…… 나 참…… 이거 곤란하게 됐네."라고 말하면서도, 료타는 아주 싫지는 않은 듯한 웃음을 띠었다.

교코가 가만히 한숨을 내쉬었다.

거실에서는 도시코가 혼자 열심히 텔레비전을 보고 있다. 가장 좋아하는 만담 방송을 보는 것이다. 오늘 밤에는 특집 방송을 오랜만에 한다며 료타와 교코에게도 권했으나, 교코는 "잠시 준비 좀 할게요."라며 침실로 들어갔다. 료타도 침실로 따라간다.

교코가 째려봐도 료타는 굳이 방 안까지 따라 들어가서 미닫이문을 닫았다.

두 사람만 있게 되자 료타는 무슨 이야기를 해야 할지 모르겠어서, 신고의 가방에서 작문을 꺼내 읽으며 칭찬하기 시작했다.

"이야, 재능이 있어. 이런 글은 좀처럼 쓰기 어렵지, 하물며 초등학생이."

"그런가……."라며 교코는 담담한 반응이다. 다리를 옆으로 모으고 앉아 서랍장에 기대어 있는데 졸려 보인다.

"응, 여러 가지 읽히는 게 좋을 거야."

"예를 들면?"이라며 역시 께느른하여 묻는다.

"시튼이나 파블로, 두리틀 선생 같은 거 말이야. 다음에 골라서 보내 줄게."

모두 료타가 어린 시절에 열심히 읽었던 책뿐이다.

"응, 고마워."

"뭘……, 그 정도밖에 해 줄 게 없는걸."

그러나 실상은 '그 정도'도 될 것 같지가 않다. 실상이 들통나고 싶지 않아서 료타는 화제를 돌려 보려고 했으나 교코에게 선수를 빼앗겼다.

"쓰고 있어?"

목구멍 깊숙이 비수가 날아와 꽂히는 것 같았다. "나 말이야?"라고 료타는 엉뚱한 질문을 하고 말았다.

교코는 "응." 하며 끄덕였다.

"지금은 말이야, 순수 문학의 시대는 이미 지났거든. 라이트노벨이니 J노벨이니 하면서."

"진작에 그랬지."라고 교코가 대꾸하지만, 비난하는 어조는 아니다. 이미 그런 시대는 옛날 옛적에 지나 버린 듯하다.

라이트노벨도 문학. J라이트노벨도 문학. 순수 문학도 문학 장르의 하나. 혼자 잘날 것도 없다. 교코가 몇 번이나 말해 줘도 끝에는 '시대 탓'을 했다.

그러나 오늘은 료타에게 단 하나 좋은 재료가 있었다.

"실은 말이야, 지금 만화 원작을 써 보지 않겠느냐는 이야기가 들어와서 말이야. 뭐, 다 큰 어른이 되어서, 그런 것도 가끔은 저거 해 볼까, 싶어서 말이야."

여태까지도 다양한 일을 출판사로부터 제안받아 왔었다. 소설 의뢰뿐만이 아니었다. 그거라도 받아서 했더라면 어떻게든 생활을 유지할 수 있었으리라. 그러나 료타는 모조리 '시시하다.'라며 걷어차 버렸다.

"그러니까 전부터 말했잖아. 그렇게 말을 해도 안 듣더니……"라며 교코는 어처구니없어 한다.

"그것만 잘되면 양육비도 어떻게든 매달……"

교코는 눈을 감은 채로 가만히 고개를 저었다.

"이젠 뭐, 무리해서 만나지 않아도 돼……"

"아니, 전혀 무리하는 거 아니라니까. 아버지로서 당연한 걸 하는 거지……"라며 료타는 하나 마나 한 소리를 입에 올렸다. 옛날 같았으면 모진 말도 하나 내뱉고서, 홱 하고 집을 나가 버렸을 법한 장면이었다.

"한 달에 한 번 '아빠 흉내'나 내면서 말은 잘하네. 당연하다니."

교코는 싸늘하게 받아쳤다.

"흉내라니, 무슨 말을 그렇게 해."라며 반박해 보지만 료타의 말에는 박력이 없다.

"흉내니까 흉내라고 하지."

"그럼, 일주일에 한 번으로 해도 좋아 난."

료타가 허세를 부린다.

"되지도 않으면서."라고 교코에게 면박을 당해도 료타는 반론할 수 없었다. 거기에 교코가 쐐기를 박는다.

"그렇게 열심히 아빠 노릇이 하고 싶었으면, 왜 같이 있을 때 좀 더 ……"

료타는 고개를 떨구고 말았다.

"그러게…… 네 말이 맞다."

료타의 말에 교코는 한층 더 지긋지긋한 표정을 짓는다.

"이미 갈라선 거야."라며 교코는 다짐하듯이 료타의 눈을 본다.

"웅."이라고 말하면서도 료타는 태연하게 "그래도, 끝난 건 아니지?"라고 묻는다.

"뭐?"

"그야, 난 언제까지나 신고 친아빠인 데다, 그건 우리 부부가 어떻게 돼도 변하지 않는 거잖아."

교코는 그저 한숨지을 뿐이다.

료타는 교코의 한숨에 초조함이 밀려왔다. 그러나 피하지는 않는다. 바로 핵심으로 파고든다.

"뭐야? 벌써 뭔가 시작되고 있는 거야? 다른 저거가?"

"웅, 그러네."라며 교코는 깨끗이 인정했다.

"있어? 그런 사람이?"

물론 료타도 알고 있다. 그러나 묻지 않고서는 참을 수 없다.

"그건 왜."라며 교코가 의심스러운 시선을 료타에게 던졌다.

료타는 시선을 피했다.

"신고가 말했어?"

그것에는 답하지 않고 "역시 있구나."라고 원망하는 어조로 중얼거렸다.

교코가 차가운 눈빛으로 료타를 바라본다.

"벌써 그건가? 한 거야?"

가벼운 느낌으로 물으려고 했으나 실패했다. 시비조가 되어 버렸다.

"그만둬, 여기서 그런 얘기를 왜 해."

"했어?"더욱 집요한 말투로 추궁한다.

"했어."라고 노기를 띠며 교코가 답한다.

료타는 한숨을 내뱉으며 이불 위로 드러누웠다.

"했구나……. 그렇군, 했단 말이군……."

"당연한 거 아냐? 중학생도 아니고."라며 교코가 가차 없이 료타를 면박한다.

"재혼할 거야?"

"아직 몰라."

"알지도 못하면서, 했단 말이야? 그런 건 정하고 나서 해야지."

료타의 말은 막무가내였다. 거기에 교코도 냉정을 잃고 말았다.

"해 보기도 전에 어떻게 결정할 수 있어!"

"무슨 소릴 하는 거야, 너……."라고 료타도 큰 소리를 낸다.

"목소리 높이지 마."라며 교코가 저지했다.

"너, 어디서 그런……."이라고 말했다가, 료타가 황급히 입을 다물었다.

"'그런'이라니 뭐야? 알고 있었어?"

"뭘?"

"봤어?"

"누굴? 어디서?"라며 얼버무려 보지만 료타의 눈동자가 흔들린다.

교코의 얼굴에 냉소가 퍼졌다.

"네네네, 탐정님이셨지요. 하시는 일이 참 추잡하네요, 정말로."

료타는 할 말을 잃었다. 그때 거실에서 "여기 와서 같이 보렴. 이제 끝나겠다."라며 도시코가 부르는 소리가 들린다.

"알았어. 이따 갈게요."라고 료타가 대답한다.

"아기도 가질 거야?" 료타가 목소리를 낮춰서 묻는다.

"그러게, 가질지도."

"그래서 서두르는 거구나."

서른다섯이면 슬슬 임신과 출산에 위험 부담이 커지는 나이로 접어든다. 재혼하면 상대 남자가 친자식을 바라리라는 점은 쉽게 상상할 수 있다.

"서두르는 거 없거든, 정말 심술궂네."

"너무 타산적인 거 아냐?"

"인생 계획이라고 합니다."

연애에서부터 이혼에 이르기까지, 료타와 교코의 생활에는 어떠한 계획이라는 것이 없었다. 거칠기만 한 항해와도 같았다. 유일하게 계획할 수 있었던 일은 이혼뿐이었다. 교코만의 계획이었지만.

"사랑은 아니네."라고 료타가 단정한다.

"사랑만 가지고 살 수 없는 거지, 성인이라면."이라며 맞받아쳤다.

그러나 료타는 교코가 사랑도 없는 결혼을 한다고 인정한 것처럼 받아들였다.

료타가 교코의 치마 밑으로 손을 집어넣어 무릎에 가져다 댔다.

"지금 뭐 하는 거야!"라며 교코가 료타의 손을 뿌리쳤다.

"아니, 뭐 하는 거라니, 성인이니까……."라며 다시 교코의 다리에 손을 뻗는다.

"성인이라니! 옆방에서 어머님이……."

"안 계시면 괜찮은 거야? 모처럼 어머니가 이렇게까지 해주시는데, 다시 한 번……."

교코는 온몸의 힘을 모아서, 료타의 손등을 주먹으로 힘껏 내리쳤다.

"아얏!" 료타가 비명을 지를 정도로 매운 펀치였다.

그때 교코가 놀라서 거실 쪽과 료타를 번갈아 봤다.

"뭐야? 짠 거였어? 처음부터 그랬던 거야?"

그건 실로 어머니에게 너무 미안해지는 한마디였다. 료타는 동요하면서도 애써 꾸며 댔다.

"아니야. 남이 들을까 무서운 소리 좀 하지 마……."

교코는 매달리는 료타를 뿌리치고 일어섰다.

"엄마, 칫솔, 어느 거야?"라며 욕실 쪽에서 신고가 교코를 부른다.

"응, 지금 갈게."라고 교코가 대답하자, 도시코가 "됐어, 내가 갈게."라고 말하면서 "으잇샤." 하는 소리를 냈다.

교코는 고개를 떨군 채 앉아 있는 료타를 내려다봤다.

"그보다 돈은 어떻게 됐어, 10만."

"줄게, 줄게, 준다고."

"지금 세 번 말했어."

대책이 없는 약속을 할 때면 료타는 항상 세 번 반복해서 말한다. 반복해서 말하는 것으로 신용이 불어나기라도 바라는 것이다. 하지만 그것은 완전히 역효과를 일으킬 뿐이었다.

"아니, 정말로 내일 아침까지는……."

"나오는 대로 말하지 마. 어떻게 내일 아침까지……."

"아니, 그러니까 그게……."라며 료타는 오늘 밤에 계획해 둔 다락장 수색을 말할 뻔했다.

"맨날 자기 만나고 싶은 것만 실컷 만나고……. 이제 다음은 없어."

교코는 그대로 방을 나가 버렸다.

료타는 얻어맞은 손등을 주물렀다.

결국 교코는 신고와 함께 료타의 옛날 방으로 담요를 옮겨다가 잠자리에 들었다. 그러나 교코는 눈이 말똥말똥해서 잠이 오지 않는다. 교코가 답신하지 않아서일까, 후쿠즈미로부터 메일이 한 통 들어와 있다. 수요일에 할 데이트 계획이 항목별로 적혀 있다. 후쿠즈미의 메일은 언제나 사무적이었다. 물론 그걸로도 괜찮았지만, 메일을 주고받으면서 웃거나 하는, 그런 일은 없었다.

물론, 그걸로도 괜찮다.

교코는 새근거리며 잠든 신고의 얼굴을 가만히 쓰다듬었다.

6

침실 이불 속에서 숨죽이고 있던 료타가 가만히 미닫이문을 열었다. 부엌으로 나와 거실을 들여다보니 도시코는 잠이 들었다. 잠시 상황을 살핀다. 곤히 잠든 숨소리가 들린다. 마치 태아처럼 손발을 움츠리고 옆으로 누운 모양이 한결같은 어머니의 잠든 모습이다.

료타는 발소리를 죽인 채 거실로 들어가 손을 뻗어 다락장 문을 열었다. 키가 큰 료타는 발판을 쓰지 않고도 안을 들여다볼 수 있다. 대형 손전등으로 안을 비춘다. 딸깍하는 스위치 소리가 괜스레 크게 들린다.

다락장 안에는 가족들의 각종 유물이 가득 차 있다. 지나쓰와 료타의 상장이며 문집. 어머니가 모아 둔 헝겊 조각과 전혀 사용한 적 없는 그릇과 컵이며 나이프와 포크 세트, 오래된 가스풍로……. 료타의 책이 세 권 정도 보인다. 집에는 한 권밖에 보내지 않았는데.

찾던 물건을 발견하고 저도 모르게 빙그레 웃음이 나왔다. 누나가 말한 그대로였다.

스타킹에 넣어 말아 놓은 예금 통장이었다. 어머니가 얼마나 모았는지는 모르겠다. 그러나 백만 단위로는 있을 터다. 훔치는 것이 아니다. 정말로 빌리는 것뿐이다. 만화 원작을 쓰게 되면 분명히 돈이 들어올 것이다. 그게 안 되면 다음 달 월급으로 돌려주면 된다. 무엇보다 지난번에 1만 엔을 드렸던 것도 있다. 그 정도만이라도……. 아니, 당장 필요한 돈은 15만, 아니 20만이다. 그거면 어떻게든 될 것이다.

료타는 스타킹으로 싸 놓은 통장을 손에 들고, 어머니의 모습을 살폈다.

일어날 기미는 보이지 않는다.

가만히 부엌으로 돌아왔다.

원래부터 자식이 부모 재산을 알아 두는 것은 당연한 거야……, 라고 마음속으로 핑계를 되뇌며, 둘둘 말린 스타킹을 풀어냈다. 손거스러미에 스타킹이 걸려서 좀처럼 떨어지질 않는다. 마음이 급해져서 억지로 잡아당겼다. 전단지 종이로 싸인 것을 벗겨 낸다. 그러자 안에서 나온 것은 골판지 조각이었다. 통장과 똑같은 모양으로 자른 것이다.

겉에 싸인 전단지 종이에 '꽝! 누나로부터'라고 사인펜으로 적혀 있다.

아무것도 아닌 척 통장 감춰 둔 장소를 알아냈다고 생각했으나 감쪽같이 당했다. 다락장에 되돌려 놔야 한다. 그러면 들키지는 않으리라.

그때 문득 섬뜩해졌다. 스타킹을 몇 바퀴 감았더라? 누나는 그런 사소한 걸로도 알아챌 사람이다. 아니, 이렇게 덫을 놓아둔 것이다. 생각해 내려고 한동안 쳐다봤지만 포기했다. 어차피 들통나는 것은 마찬가지다. 그러나 달리 손쓸 방법도 없기에, 일단 다락장에 돌려놓는다.

허탕이다. 어떻게든 하지 않으면 안 된다. 침실로 다시 돌아와, 서랍장 안을 샅샅이 뒤지기 시작한다. 역시 보이지 않는다.

그러다 불단 옆에 놓인 지저분한 상자를 열어 보니, 거기에 신문지로 싸 놓은 것이 보인다. 예전에도 이 근처를 뒤져 봤을 텐데 놓쳤나 보다.

신문지로 감싼 물건은 제법 묵직했다. 기대감에 가슴을 부풀리며 열어 본다.

벼루였다. 아버지가 애용하던 것이다. 테두리에 자잘한 조각이 새겨져 있다. 고급스럽게 보이기는 하는데, 얼마나 쳐줄지는 모르겠다. 일단 받아 두기로 했다.

불단 위에 올려진 아버지 사진에 눈길이 멈춘다. 아버지의 물건을 챙기는 데는 이상하게도 켕기는 게 없다. 소중하게 보관하던 우표책을 전당포에 잡힌 앙갚음이라도 하는 기분이다. 뭐니 뭐니 해도 가장 큰 이유는 아버지가 가족에게 필요한 돈을 도박에 쏟아부었다는 생각이었다. 자신 하나만 생각하며 살아온 남자. 그런 아버지 모습이 고스란히 자신에게서 발견되는 편치 않은 마음을 료타는 일단 제쳐 두기로 한다.

사진 속의 아버지는 온화하게 웃고 있어서, 조금 젊어 보인다. 돌아가시기 일 년쯤 전에 찍은 사진이었다.

그래도 향은 피워 드리자, 싶은 생각이 들었다.

라이터로 불을 붙여 향꽂이에 꽂으려는데, 타고 남은 향조각이 그 안에 가득해서 좀처럼 세울 수가 없다.

료타는 향불을 꺼트리고 말았다.

부엌 바닥에 신문지를 펼치고, 거기에 향꽂이 속 재를 비운다. 습도가 높아서 그다지 먼지가 일지 않았다.

이쑤시개로 잿더미를 흩트려 보니, 그 속에서 타고 남은 향 끄트머리들이 고개를 내민다. 그것을 젓가락으로 하나씩 집어낸다. 초등학교, 중학교 때 아버지가 시켜서 곧잘 해 오던 작업이었다.

바깥의 바람 소리가 더욱더 거세졌다. 빗줄기가 유리창을 때리는 소리도 들린다. 깨진 유리가 괜찮을지 걱정됐지만, 지나쓰의 남편 마사타카의 일요 대공사 솜씨는 명불허득이었다.

그때 거실에서 달그락거리는 소리가 났다. 도시코가 일어나서 나온 것이다. 파자마 위에 카디건을 걸치고는, 방수 CD 카세트의 라디오 스위치를 누른다. 태풍의 기상 정보가 흘러나왔다.

"안 자요?"

료타가 말을 거는데, 도시코는 커튼을 젖히고 바깥을 살펴본다.

"자도 금방 눈이 떠지거든, 나이 들면."

"약이라도 타다 먹지, 다카하시 선생네서."

"응, 가끔씩 수면제 타다 먹긴 해. 우왓, 바람 좀 봐. 방금 뭐가 날아갔어."

"아침에는 사라질 거라고는 하던데."

"난 태풍이 참 좋더라. 왠지 기분이 들뜨는 것 같거든."

"참 이상하셔."라고 말하면서도 료타 역시 잠이 오지 않는다. 어젯밤에 거의 자지 못한 데다 노숙까지 했던 터라, 졸릴 것이 당연하거늘 잠이 오지 않는 것이다.

"네리마에서 살 때, 태풍이 올 때마다 지붕 날아갈까 봐 걱정돼서, 밤이 되면 짐을 싸 들고 다 같이 유치원 교회로 피난 가고 그랬잖아?"

네리마의 집은 낡은 셋집이었다. 지붕이 함석판으로 되어 있어서 바람이 거셀 때면 덜컹덜컹 시끄러운 소리를 냈다. 단층집인데도 건물 자체가 흔들흔들했다. 철근 콘크리트로 만들어진 교회로 대피하면 놀랄 만큼 조용해서 마음이 놓였던 것이다.

"그랬지, 그랬어. 맨날 낮에만 들어갔었으니까, 밤에 본 스테인드글라스가 참 예뻤는데."

"여기 이사 왔을 때는 '이제 태풍 걱정은 안 해도 되겠네.'라며 안심했었는데."라며 도시코가 옛날 생각에 잠긴다.

그러나 그 뒤가 더 있었다.

"설마 여기서 사십 년이나 살 줄이야 생각도 못 했네."

"죄송합니다요, 주변머리 없는 아들이라."

"나는 곧 죽는다?"라고 도시코가 갑자기 말을 꺼냈다.

"뭐야 갑자기, 불길하게."

"불길하긴, 언젠가는 반드시 죽을 거 아니니. 아마도 여기서 말이야."

"뭐, 그야 그렇겠지만, 또 어디 불편해요?"

"꼭 그런 거 아니더라도."

재작년에 명치 근처가 아프다고 해서, 단골 병원의 다카하시 선생에게 진찰을 받고 꽤 큰 담석을 찾아냈다. 하지만 수술할 정도는 아니어서 약물 치료만 받았다. 혈압이 약간 높았고 혈당치도 높았지만, 모두 약으로 다스렸다. 그러니까 건강하다고 할 수는 없지만 정정한 편이었다.

"너, 내가 점점 약해져 가는 거, 옆에서 잘 지켜봐야 돼."

"싫어요, 그런 거."라며 료타는 웃어넘긴다.

"민폐 끼치지 않고 덜컥 가는 게 본인한테도 주위에도 편하다고 하는데, 그런 거 다 거짓말이야."

"그래?"

"너희 아버지가 그랬잖아."

아버지의 죽음이 편했는지 아니면 고생스러웠는지, 료타로서는 자세히 알지 못한다. 아무 예고도 없이, 어머니로부터 방금 돌아가셨다고 전화를 받았을 뿐이었다. 별다른 지병은 없었지만 병원을 싫어했기 때문에, 진작에 검사라도 해 봤으면 안 좋은 곳을 찾을 수는 있었을 터다. 사인은 심부전이었다. 욕실에 쓰러져 있는 아버지를 어머니가 발견했다. 구급차로 호송하는 동안 숨이 멎었다. 심근 경색을 일으켰다고 한다.

그곳에 함께 탄 사람은 어머니뿐이었기 때문에 고통스러워하는 모습을 보았을까, 료타는 생각했지만, 어이없게 가 버렸다고 어머니는 평소와 다름없는 표정으로 말했다.

그러나 어머니 나름대로 그 급서를 '편하다.'라고는 생각하지 않는 걸까, 료타는 생각했다.

"너희 아버지, 꿈에 나온다니까."라며 성가신 듯한 얼굴을 한다.

"그런 꿈을 다 꿔요?"

"가끔 말이야, 가끔."이라고 멋쩍음을 감추며 말한다.

꿈속에 나타난 아버지는, 쌀통에서 통장을 훔쳐 도망 다니는 모습일까. 아니면 젊은 시절의 달콤했던 추억 속 모습일까.

"어떤 꿈이길래?"

"살아 있는 거야, 언제까지고. 그리고 나도 너희 아버지가 살아 있다고 생각하는 거야."

목소리나 표정만으로는 어머니가 그것을 탐탁하게 생각하는 걸까, 성가시게 생각하는 걸까, 료타로서는 판단이 서지 않았다. 하지만 그 꿈을 꾸는 것이 '편하다.'라고 말하는 것은 아니기에 유쾌하지는 않으리라. 폭력을 휘두르거나 호통을 쳐 대는 사람은 아니었지만, 아버지 때문에 어머니가 고생한 것은 틀림없다.

그러나 낮에 전화를 했을 때 "아버진가 했다."라고 말하는 어머니의 목소리는 마냥 싫어하는 것 같지도 않았다.

도시코는 료타 앞으로 식탁 의자를 빼더니 거기에 앉았다.

"어느 쪽이 좋아? 오랫동안 혼수상태에 빠져서 제대로 작별 인사하는 거랑, 덜컥 죽고서 평생 꿈에 나오는 거랑."

"둘 다 싫어."

"재미없게 그럴래. 하나만 골라 봐."

어쩌면 어머니는, 꿈에 나타날 정도로 아버지가 이 세상에 미련을 남겨 둔 것을 '괴로움'이라고 말하려는 것일까. 아버지에겐 어떤 미련이 남았던 것일까? 라고 료타는 처음으로 아버지의 인생을 생각해 봤다.

"어느 쪽이야."라고 도시코가 집요하게 묻는다.

"그럼, 혼수상태?"라며 아부하듯 대답한다. 도시코가 "약해져 가는 걸 봐 두렴."이라고 말했기 때문이다.

"파이널 앤서?"라며 미노몬타[6]의 흉내를 낸다.

"나 참, 언제 적 걸……, 파이널 앤서요."

료타가 대답하자 그걸로 납득을 했는지, 도시코는 라디오

---

6 일본의 방송인. 그가 사회를 보는 TV 프로그램 「퀴즈 밀리어네어」에서 최종 답변임을 확인하는 한마디다. 유행어로 '파이널 앤서'를 선언하곤 한다.

에 주의를 기울인다.

"어머."라며 작게 소리를 내더니, 라디오를 끌어다가 교코와 신고가 깨지 않도록 볼륨을 살짝만 올린다.

여성 진행자가 등려군을 소개한다. 어머니가 등려군을 좋아했던 기억 같은 건 료타에게 없었다.

「속죄」나 「애인」 같은 히트곡보다 1987년에 발표한 「이별의 예감」을 더 좋아한다고 진행자가 고백하듯이 이야기한다. 도시코가 그 말에 공감하는 것처럼 고개를 끄덕인다.

노래 제목에 비해서 발랄한 전주가 흐른 뒤, 등려군의 속삭이는 듯한 노랫소리가 흘러나온다.

울 것만 같아
아프리만치 좋아해서
어디에도 가지 말아요
숨을 죽이고 곁에 있어 줘요

노래를 들으면서 료타는 아버지를 생각했다. 도박에 몰두했던 아버지. 그에게 미련이 있었다면 그것은 무엇이었을까, 하고. 그러나 어떤 장면을 떠올려 봐도 아버지는 당신의 속마음을 료타에게 드러낸 적이 없었다.

"아버지 있잖아, 어떻게 하고 싶었던 걸까?"라고 료타가 물었다.

"뭘?"

"자기…… 인생을 말이야."

"글쎄, 마지막까지 통 모르겠더라."

돌아가시기 전날까지, 아버지는 '스크래치'라는 즉석 복권을 했다고 어머니가 말했다. 동전으로 긁어내면 그 자리에서 당락을 바로 알 수 있기에, 제비뽑기이기는 했으나 도박이다. 중독이라고 치부해 버리면 그걸로 그만이겠지만 어쩌면, 이라며 료타는 생각했다. 아버지 나름대로 무언가 찾으려던 것이 있으리라. 그러나 그것은 이루어지지 않았다. 그래서 대체할 무언가를 도박에서 구하려고 했던 것이다. 아마도 지금의 자신처럼.

"아버지도 생각했던 대로 안 됐던 거겠지, 여러 가지로. 시대를 잘못 만나서……."

"아니, 시대 탓을 했을 뿐이야, 자기가 글러 먹은 것을."

료타로서는 남의 일 같지 않았다. 분명 어머니가 말하는 대로일 것이다. 그리고 아버지의 나약함을 생각하니 침울한 기분이 들었다.

"왜 풀이 죽었어?"

"아니……."라며 료타는 젓가락으로 향 조각을 집어 올린다.

"너 지금, 그 향을 아버지라고 생각했지."

정확했다. 아버지는 매일 아침마다 불단에 향을 피웠다. 그중에 몇 개는 아버지가 피워 올린 향이 타고 남은 찌꺼기일지도 모른다고 생각했던 것이다. 영혼이 깃들어 있기라도 한 것처럼.

"죽고 없어진 다음에는, 아무리 후회해 봤자 늦어. 눈앞에 있을 때 잘 저거 해야지."

"알고 있어요."

"왜 남자들은 지금을 사랑하지 못하는지……."라고 도시코는 음악에 맞춰 가볍게 몸을 흔들면서 말했다.

현실이 너무나도 하찮은 탓이라고 료타는 생각했지만, 입을 다물었다.

"언제까지고 잃어버린 걸 찾아다니고, 이루지도 못할 꿈이나 좇고……. 그래 가지곤 하루하루가 즐거울 수가 없잖아?"

"그런 건가요."라고 료타는 시치미를 떼며 대꾸한다. 아버지가 아닌 자기를 두고 하는 말이라는 것을 안다.

등려군의 애달픈 목소리에 귀를 기울인다.

가르쳐 줘요 슬퍼지는 그 이유를
당신이 어루만져 주어도
믿는다는 것 그것뿐이에요

"행복이라는 건 말이지, 무언가를 포기하지 않으면 손에 잡히지 않는 거야."

어머니의 말에 료타는 눈을 들었다. 슬픈 말이지만 정말 그런 건지도 모르겠다고 생각했다.

등려군의 노랫소리가 거실을 채운다.

바다보다도 깊이 하늘보다도 푸르게
당신을 이보다 더 사랑한다는 건
나는 할 수 없어요

도시코는 노래에 감동했는지 "하아." 하고 탄식을 내쉬며 말했다.

"나는 바다보다도 깊이 누굴 좋아해 본 일이 이 나이가 되도록 없었네."

"말도 참 쓸쓸하게 하시네……."

"넌 있어?"

도시코가 그렇게 물으니, 료타는 당황했다. 처음 머릿속에 떠오른 것은 교코였다. 그러나 그것이 바다보다 깊은 것이었는지, 묻는다면 대답이 궁색해진다.

"나야, 뭐, 나름대로……."라고 얼버무리면서도, 시선은 무의식적으로 교코와 신고가 자는 방을 향했다.

"없어, 보통 사람들한테는."이라고 도시코가 단언한다.

'보통 사람'에 자신이 포함되는지 료타는 가늠하지 못했다.

"그래도 살아가는 거야, 다들. 매일 즐겁게."라고 이어 말하더니 고개를 저었다.

"아니지, 없으니까 살아갈 수 있는 거야. 이런 하루하루를, 그것도 즐겁게 말이야."

한 번이라도 격정적인 사랑에 빠져 본 사람은, 더 이상 평온한 일상을 즐기는 것이 불가능할지도 모른다.

"복잡하네."라고 료타가 말하자, 도시코는 다시 고개를 저었다.

"아니, 단순해, 인생이란 단순하지."

그렇게 말하더니 갑자기 도시코가 일어섰다.

"지금, 엄마, 엄청 좋은 말을 하지 않았니? 너 다음 소설에 가져다 써먹어라. 얘, 메모하라니까."라며 메모지를 가지러 간다.

"됐어, 외웠으니까."

도시코가 전단지를 작게 잘라 모은 메모지 다발을 들고 온다.

"어느 부분이 좋아?"라고 묻는다.

"뭐가?"

"'행복' 얘기한 부분부터 계속 괜찮았던 거 같은데……."

료타는 그렇게 혼자 열을 올리며 말하는 어머니의 옆모습을 바라봤다. 즐거워 보인다. 그러다 문득 생각했다. 어머니는 기다리고 있는 거다. 십오 년 동안. 어머니는 돌아오지 않는 아들뿐만 아니라, 그 가족과 새 소설을 줄곧 기다리는 거다. 어쩌다 들렀을 뿐인 청띠제비나비를 기다리는 것처럼.

베란다에 있는 귤나무가 세차게 흔들린다.

료타는 여전히 잠이 오지 않아 부엌 테이블에 혼자 메모장을 펼치고 앉았다. 어머니는 잠을 청하러 다시 거실로 갔다. 숨소리가 들려오는 걸로 보아, 잠이 든 것 같다.

메모장에는 '누군가의 과거가 되는 용기'라고 소장이 한 말이 쓰여 있다. 그 옆에 '무언가를 포기하지 않으면 손에 잡히지 않는 행복'이라고 어머니가 한 말도 적혀 있다.

언제나 기다린다, 라는 말이 료타의 머릿속에 후렴처럼 울렸다. 그러나 그것을 메모하지 못한 채 있다. 홀로 단지에서 무언가를 계속 기다리고 있을 어머니를 생각하니, 너무나도 애달팠다.

그때 옛날 자기 방의 미닫이문이 열렸다. 얼굴을 내민 것은 신고였다. 졸린 얼굴을 하고 료타에게 "아직 태풍 있어?"라고 묻는다.

"어어, 굉장해."라고 말해 주자 신고가 싱긋 웃는다.

"화장실? 거기에 스위치 있을 거야."

"알아." 신고가 말하며 화장실로 들어갔다.

료타는 좋은 생각이 나서, 손전등을 들고 일어섰다.

어두운 곳에 서서 신고가 화장실에서 나오기를 기다린다. 신고가 나오자, 료타는 손전등을 켜서 자신의 얼굴 바로 밑에서 비춘다. 듬성듬성 멋대로 자란 수염으로 덮인 얼굴이 어둠 속에 둥실 떠 있다.

놀란 신고는 몸이 굳어 버렸다.

"갈래?"라며 료타가 빙긋 웃는다.

"급수대?" 신고가 식겁한다.

"공원 말이야."라고 료타가 말하자 "응." 하고 끄덕이는 신고의 얼굴이 빛났다. 저 미소를 위해서라면 뭐든지 해 주고 싶다는 생각이 들 만큼 최고의 미소였다.

료타는 왜인지 울고 싶은 마음이 들었다.

교코가 어두운 방 안 이부자리에서 몸을 일으켜 귀를 기울인다.

"전병하고, 화이트 로리타랑……."이라며 신고가 료타에게 보고를 한다.

"미끄럼틀은 말이야……."라며 료타가 무언가를 설명하는데, 비바람 소리에 묻혀서 잘 들리지 않는다.

아무래도 둘이서 태풍을 뚫고 모험이라도 나가려는 것 같았다.

"위험해."라며 말릴 수도 있었지만, 신고의 목소리가 들떠 있기에 묵인하기로 했다.

이윽고 현관문이 가만히 열리더니 다시 닫혔다.

교코는 도무지 걱정이 되어서 베란다로 나갔다. 창문 너머로 료타와 신고의 모습이 보였다. 신고는 비닐 우비를 입었고, 그 어깨를 료타가 지켜 주듯이 자기 팔로 단단히 감쌌다.

다칠 일은 없겠지. 단지의 나무들이 바람에 거세게 흔들린다.

"급수대, 올라가는 건 아니겠지?"라는 목소리가 뒤에서 들리기에 돌아보니, 도시코가 카디건을 걸치면서 부엌으로 나왔다.

"공원에 가는가 봐요. 미끄럼틀이 어떻고 이야기하는 거 보면."

"그럼 다행이고. 걔, 옛날에 말이야, 친구들이랑 급수대에 올라갔다가 겁먹고 혼자만 못 내려왔지 뭐니. 소방차 부르고 난리도 아니었거든."

정확하게 말하면 소방차가 아니라 사다리차가 와서, 급수대 중간에서 꼼짝 못하고 우는 료타를 구조했던 것이다. 료타가 오명을 뒤집어씌운 시바타는 정작 자기 힘으로 내려왔다. '대기만성의 시바타'만 쫄지 않았다.

료타가 우는 모습이 눈에 선해서 교코는 웃고 말았다.

"자기가 겁이 많다는 걸 알면서, 왜 솔직하게 살지 못하는지 참⋯⋯."이라는 도시코의 말에 교코는 깊이 동감했다. 분명 그 말 그대로였다. 결혼 생활은 그 "왜?"에 대한 답을 찾는 과정인 것만 같았다.

세 시간 정도밖에 잠들지 못했으나, 교코는 이미 잠을 설치고 말았다. 졸음이 완전히 달아났다. 사장으로부터 오후에 출근해도 좋다는 연락을 받았기 때문에, 아침에라도 졸리면 조금 자고 나가도 된다.

부엌에서 도시코와 이야기를 나누던 중에 "넌 글씨가 참 예쁘구나……"라고 말한다. 부고 엽서를 대신 쓰는 중이었다.

"딸애한테 시켰었는데, 자꾸 아쉬운 소리를 하고 싶지 않아서."라고 도시코가 말했다. 교코는 지나쓰와 시어머니 사이가 좋을 거라고 생각했었기에 의외였지만, 친밀한 만큼 조심스러운 부분도 있으리라.

만년필을 잡은 지 오랜만이라 기분이 좋았다.

"잘 쓰네 정말, 부러워라."라고 글씨를 보면서 도시코가 감탄한다.

"별말씀을요."

"어머니도 잘 쓰셨어?"

"네, 서예 선생님이었거든요."

"나도 머리가 조금만 더 좋았으면 가정 선생님 같은 거 해 보고 싶었는데……."

"아……, 그러셨어요? 처음 들어요. 저도 교사 자격증 땄거든요."

"어머, 그래? 무슨 선생님?"

"국어요. 교생 실습도 나갔었는데."

교코의 목소리가 마지막에 가서는 작아졌다. 교사가 되지 못한 것은 임신을 한 탓이었다. 더 이상 이 이야기를 하면 좋지 않을 것 같아서 교코는 입을 다물었다.

그러자 도시코도 입을 다물었다. 교코가 엽서에 받는 사람의 이름을 쓰는 모습을 가만히 지켜본다.

"그렇게 보고 계시면 긴장해서……. 아, 이분, 결혼식 때 와 주셨던 분인데, 가와사키에 사시죠."교코가 아는 사람의 이름을 발견했다. 료타의 아버지 쪽 친척이었다.

"응, 작년에 부인이 돌아가셨어."

"그러셨어요? 아직 젊으신데."

식장에서 인사를 한 번 했을 뿐, 그로부터 한 번도 만난 적은 없었다. 료타는 친가 쪽과도 가까이하지 않았던 것이다. 친척들과 교류가 있을 리 없었다.

도시코는 교코가 다 쓴 엽서를 나란히 놓으며, 문득 말을 꺼냈다.

"이제, 아주 가망이 없는 거니, 너희 둘."

교코는 대답을 망설였다. 그러나 이젠 확실히 해 두는 편이 좋다. 지금까지도 둘의 관계가 회복되기를 바라는 듯한 뉘앙스를 언외로 느껴 왔다. 그런데 이렇게 직접 질문을 받은 것은 처음이다. 이 기회를 놓쳐서는 안 된다.

"어머님께는, 친딸처럼 대해 주셔서 너무나도 감사드려요."

"그랬지."라며 도시코는 차분히 듣는다.

"료타 씨는 가정이랑 잘 맞지 않는 것 같아요. 아이가 생기면 좀 달라질까 했지만……."

"자기 아버지한테. 닮아 버렸지, 그런 점을,"

도시코도 같은 고생을 해 온 것이다.

"죄송합니다."라며 교코가 고개를 숙였다.

"아니야 아니야, 나야말로 미안하지. 그래, 이 얘기는 이걸로 그만."

도시코가 짐짓 밝은 목소리로 말했다. 교코는 고개를 숙이는 수밖에 없었다.

"'초밥 모임'도, 이제 그만할까 봐?"

도시코가 농담처럼 말했다. 그러자 곧바로 교코는 "아니요, 또 가요."라고 답했다.

"그래?"라며 도시코의 얼굴에 웃음이 퍼진다.

"네."

"그럼, 가끔은 돌아가지 않는 걸로!"

"다음엔 제가 대접할게요."라는 교코의 말에 "아이, 좋아라."라며 침실로 들어갔다. 그리고 불단 옆에 있는 작은 수납장에서 나무로 된 상자를 꺼냈다.

돌아와서 교코에게 그 상자를 건넸다.

"아, 탯줄이네요."

오동나무로 만든 상자에 든 신고의 탯줄이었다.

"백일 때 신사 참배 다녀오고 나서, 내가 챙겨 놨어."라고 도시코가 옛 생각을 떠올리며 말한다. 당시 새집으로 이사를 하느라 정신이 없어서, 도시코에게 맡겨 두었던 것이다.

"그랬었죠."라며 교코는 덮개를 열었다. 한결 작아진 듯싶었다.

"그건 네가 가지고 있으려무나."라는 도시코의 목소리에 애달픔이 배어 있다.

"네."라고 답하는 교코의 얼굴이 슬퍼진다.

"차암……, 정말이지, 어쩌다 이렇게 돼 버렸는지……."

도시코는 그렇게 말하면서 눈물을 글썽였다. 방금 전에 "이 얘기는 이걸로 그만."이라고 말했으면서. 역시 머리로는 알면서도, 한번 가족이었던 사람을 잃는 일은 받아들이기 어려운 노릇이다.

교코로서는 아무 말도 할 수 없었다. 그저 눈시울을 적실 뿐이다.

한동안 침묵이 흐른 뒤 "그건 그렇고 참 글씨 못 썼네……."라며 도시코가 화제를 바꿨다.

오동나무에 사인펜으로 '신고'라고 써 놓은 것은 료타였다. 악필인 데다 잉크도 번져서 엉망이다.

"아버님께 부탁드릴 걸 그랬어요."라고 교코가 웃으면서 눈물을 떨궜다.

"이런 건 또 나를 닮았단 말이야."라며 도시코는 티슈로 눈물을 훔쳤다.

태풍은 관동 연안에 근접해서 상륙할 수도 있다고 예보됐더랬다. 비와 바람이 맹렬했다. 문어 미끄럼틀 아래 터널 안에 있어도 그 소리는 무시무시했다. 두터운 콘크리트에 가려져 있어서 안심이 되긴 했으나.

"아, 지금, 뭐가 날아갔어."라며 신고가 가리킨다.

어둠 속에서 하얀 물체가 맹렬한 속도로 날아가 사라지는 것이 순간적으로 보였다.

"비닐봉진가?"

"우산이야, 우산."이라고 신고가 확신에 찬 어조로 말했다.

"아, 사람이!"라며 료타가 가리킨다.

"날아갔어?"라고 신고가 놀란다.

"뻥이지롱."

"뭐야아."라면서도 신고가 웃는 얼굴로 즐거워한다.

그 웃는 얼굴을 보면서 료타가 "전병 먹을까?"라고 말했다.

신고가 비닐봉지를 열고 안에서 커다란 가부키아게 쌀 과자 봉지를 꺼냈다. 도시코가 사 둔 것을 들고 나온 것이다.

료타와 신고는 가부키아게 쌀 과자를 살짝 부딪치며 건배라도 하는 듯한 흉내를 내고는 한입 베어 문다.

"좀 눅눅하네."라며 료타가 웃는다.

"응, 그래도, 맛있어."

한밤중에 먹는 전병은 정말로 맛있었다. 아버지와 함께 왔을 때도 전병 비슷한 것을 먹었던 것 같다. 그건 초등학교 저학년 때였다. 어른들의 엄청난 모험이라도 하는 것만 같아서 두근두근했던 기억이 있다. 아버지도 드물게 신이 나서 장난스러운 농담을 하곤 했다.

"신고는 할아버지 기억해?"

"응, 기억해. 다정했어."

료타는 의외였다.

아버지는 아이를 귀여워하는 타입이 아니었다. 신고를 데리고 가도 모르는 척하고 신문만 읽었기 때문이다.

말년에는 료타도 굳이 가까이하지 않았다. 다만 신고는 교코를 따라 몇 번인가 단지를 방문하곤 했던 터라, 역시 노년에 들어서면서부터 사람이 그리워졌던 걸까.

"그래도, 아빠 싫어했지? 할아버지."

"왜?"

료타는 신고에게 그런 말을 한 적이 없었다.

"할아버지가 그랬어."

"아냐, 그렇지 않아. 그냥, 그게 좀, 싸웠거든."

"왜?"

"아빠가 소설가 같은 게 돼서 그랬나……."

뚜렷한 이유 같은 건 없었다. "글이나 써서 먹고살 수 있을 리가 없다."라는 따위의 말은 평소에도 들어 왔다. 그러나 그것만이 아니었다. 아버지 나이에 가까워질수록 아버지의 존재 자체가 거북해졌다. '저렇게는 되고 싶지 않다.'라고 생각하면서도, 아버지의 전철을 고스란히 밟고 있는 자신을 보는 기분이 들었는지도 모른다.

"신고는 이다음에 커서 뭐가 되고 싶어?"

"음." 잠시 생각하더니 "공무원."이라고 답했다.

틀림없이 자신의 아빠처럼 되고 싶지 않기 때문이리라. 고등학생 때 료타가 생각했던 것과 똑같다.

"야구 선수는 안 하고?"

"못 해, 그런 거."

"모르는 거지, 해 보지 않으면."

"알 수 있어."라고 신고는 잘라 말했다. 어른스럽기까지 한 표정에 료타는 가슴이 철렁했다.

거꾸로 신고가 료타에게 물어 왔다.

"아빠는 뭐가 되고 싶었어?"

'공무원'이라고는 말할 수 없었다.

"되고 싶었던 대로 됐어?"라고 신고가 덧붙여 묻는다.

소설가가 되기는 했다. 그러나 지금 소설가라고 할 수 있을까? 십오 년이나 글을 쓰지 못한 소설가.

"아빠는 아직, 되지 못했어. 그래도 말이야, 됐는지 되지 못했는지는 문제가 아니야. 중요한 것은 그런 마음을 가지고 사느냐 그러지 못하느냐지."

"정말?"

똑바로 쳐다보는 신고의 눈동자가 눈부시다. 저도 모르게 시선을 돌리고 말았다.

"정말이야, 정말, 정말."

스스로 다짐하듯 료타는 말했다. 신고가 마치 료타의 마음속을 들여다보려는 듯한 시선을 보낸다. 그 순간에 료타도 알아챘다. 세 번 말한 것이다.

거짓말일까. 자신조차 속이려고 했던 것일까.

"정말로."라고 이번엔 한 번만, 료타가 자신에게 다짐하듯이 중얼거렸다.

"신고, 거기 있니?"라고 터널 밖에서 목소리가 들려왔다. 교코다.

"엄마도 들어와. 여기 있으면 안 젖어."

밖에서 "아, 이거, 아끼는 거였는데."라고 투덜대면서 교코가 터널 안으로 들어왔다. 가만 보니 물방울무늬 우산의 우산살이 꺾어졌다. 교코도 비닐 우비를 입었다.

"할머니가 걱정하시니까, 이제 그만 들어가자."라고 교코가 말하자, 신고는 "에."라며 불만을 표한다.

"그럼, 저기 있는 자판기에서 커피 사 올 테니까, 그거만 마시고 돌아가자."라고 료타가 제안하니, 신고는 마지못해 끄덕인다.

"그럼, 내가 가서 사 올래."

료타도 교코도 위험하다고 말렸지만, 웬일인지 굽히지 않는다.

교코는 따뜻한 녹차, 료타와 신고는 따뜻한 커피로 정했다.

신고가 빗속으로 달려 나갔다. "얏호!"라고 소리치며.

"쟤가, 저런 소리를 다 내네."라며 교코가 놀랐다.

신고는 장난치거나 까부는 경우가 거의 없는 아이였다. 친구가 소란을 피워도 한발 물러서서 보기만 할 정도로.

태풍이 몰아치는 밤의 모험이, 신고의 마음에 변화를 일으킨 것이다.

"이럴 생각이 아니었는데……."라고 문득 료타가 입을 열었다.

"그래, 바로 돌아가려고 했는데……."

"아니, 그거 말고 말이야."

오늘 일을 말하는 것이 아니었다. 료타가 뜻하는 것은, 지금에 이르기까지의 모든 것이었다.

"정말 그렇지. 이러려는 게 아니었는데."

교코도 음미하듯이 읊조렸다.

"넘어질라."라며 료타는 신고를 불렀다. 신고도 무언가를 외치는데 들리지는 않는다.

"이미 마음 정한 거니까, 그만 보내 줘."

교코가 료타의 눈을 똑바로 보고 말한다.

"아아, 응……."이라고 료타는 선대답을 한다.

"알겠어?"라고 교코가 료타의 얼굴을 응시한다.

료타는 교코의 얼굴을 바로 보지 못한 채 끄덕였다.

"알았어……. 아니, 알고 있었어."

실은 이미 오래전부터 알았다. 하지만 마주하기가 두려웠다. 겁이 나서 눈을 돌린 채 '아빠 흉내'로 관계를 이어 가려고 했을 뿐이었다.

료타는 빗속을 뛰어오는 신고에게서 눈을 떼지 못했다.

"그런 거 마시면 잠 못 잘 텐데."라며 교코가 신고를 나무랐다.

"안 잘건뎅."이라며 신고가 캔 커피를 들이킨다.

"안 돼. 아직 어려서 몸에 안 좋아."

"어리댔다가, 다 컸댔다가, 치사해."라며 신고는 불만을 표시한다.

"언제 다 컸다고 했어."라며 교코도 정색을 한다.

"저번에 그랬잖아. 이제 어린애도 아니니까, 좀 재밌는 척이라도 하라고. 데이트하고 나서 말이야."

그제야 생각이 났는지 교코가 얼굴을 찌푸렸다.

"그건 헷갈릴 만도 하겠네."라며 료타가 동의하자 "당신은 잠자코 있어."라며 한 소리 들었다.

"넵."이라며 얌전한 얼굴로 고개를 숙였다.

"그런 소린 지금 여기서 안 해도 되잖아……."라며 교코가 신고에게 잔소리를 하려는데, 신고가 엉거주춤 일어나더니 주머니를 뒤졌다.

"아! 복권이 없어졌어."라며 밖으로 뛰쳐나간다.

"떨어뜨렸어?"라고 료타가 물으니, "내 3억 엔."이라고 대답이 돌아온다.

"그런 거 어차피 맞지도 않아. 어서 돌아와, 비 젖어서 감기 들라."

"바보야, 300엔은 반드시 맞는다고."라며 료타도 밖으로 뛰어나갔다.

"정말이야?"라며 교코도 허둥지둥 나가려는데, 발이 미끄러져서 넘어질 뻔한다. 어찌어찌 발을 디뎌서 넘어지지 않고 터널을 나간다.

심야의 단지 공원을 우왕좌왕하면서, 폭풍에 흩날리는 복권을 쫓아 세 사람이 뛰어다닌다. 신고는 넘어져도 곧바로 일어나서 민첩하게 종이를 줍는다.

태풍은 새벽녘에 관동 지역 연안을 스쳐 지나갔다. 태풍이 지나가고 난 하늘은 한없이 쾌청한 가을 하늘이었다.

복권은 아홉 장을 되찾았다. 흠뻑 젖은 료타의 셔츠와 함께 베란다에서 말리고 있다. 신고가 어떻게든 마지막 한 장까지 찾겠다고 고집 부리는 것을 교코가 꾸짖어서 간신히 포기하게 했다.

계란 프라이와 절임 반찬, 순무와 유부가 들어간 미소시루로 차린 아침 식사를 료타와 신고, 교코가 부엌 테이블에서 먹는다.

도시코는 불단에 향을 올리고, 서랍장을 열어서 무언가를 찾는 중이다.

"얘, 역시 자고 가길 잘했지?" 도시코가 자랑스러운 듯 말한다.

"그러게요."라고 교코가 답한다.

TV 뉴스에서는 어젯밤 태풍 피해가 보도되고 있다. 부상자가 도쿄에서만 백이십 명이나 나왔다고 한다.

신고의 학교에서 보낸 오후부터 등교시켜 달라는 메일이 교코의 휴대 전화에 들어와 있다.

부고 엽서의 수신인 이름 쓰는 일도 모두 끝냈다.

도시코가 하얀색 개금셔츠를 손에 들고 나오더니 료타에게 내밀었다.

"자, 이거."

"뭐야?"

"네 아버지 거. 네 것은 아직 안 말랐으니까, 이거 입고 가라고."

"이런 게 있었어? 안 버렸었어?"라고 료타가 말하자, 도시코는 겸연쩍은 듯이 변명을 한다.

"어쩌다가. 버리는 거 깜빡 잊었어."

'버리는 걸 깜빡 잊은 것'을 당신 서랍에 넣을 리가 있겠느냐만, 료타는 "으응." 하고 반응하는 정도로만 해 두었다.

"좀 작긴 해도, 잘 어울리네."라며 도시코가 셔츠를 료타의 등에 대어 본다. 료타는 교코와 시선을 맞추며 작게 웃는다.

부러진 나뭇가지며 망가진 우산과 쓰레기가 여기저기 널렸지만, 비와 바람에 씻긴 녹색 잔디밭이 눈부시도록 싱그러웠다.

신고는 밖으로 나가더니 잔디밭으로 뛰어갔다. 그리고 종잇조각을 하나 집어 들었지만 바로 버렸다. 복권이 아닌 모양이다. 아직 포기하지 못한 것이다.

료타와 교코가 신고를 가운데 두고 걸어가는데 신고가 멈춰 섰다.

"아, 할머니."라며 손짓한다.

층계참에서 도시코가 손을 흔든다.

다리가 좀 아파서 멀리 안 나간다고 하여 현관에서 헤어졌는데, 끝끝내 배웅을 하겠다고 계단을 반층만 내려와서는 손을 흔들어 주고 있는 것이다.

료타는 가슴이 철렁 내려앉았다. 지금까지 어머니가 버스 정거장까지 배웅해 주지 않았던 적이 있던가, 라고 다시 생각해 보았다. 없었다. 더구나 손자와 전 며느리까지 함께인데.

료타는 다시 한 번 어머니를 보았다. 도시코가 흔드는 팔이 너무도 얇아서 깜짝 놀랐다. 살이 쏙 빠진 것처럼 야위었다.

지난번에 배웅해 주셨을 때, 계단을 내려와서 심하게 힘들어하시는 모습을 '엄살'이라고 생각했던 것은 착각이었다. 분명 이제부터는 계단을 오르내리면서 외출하는 횟수가 줄어 들 터다. 이틀에 한 번이던 게 사흘에 한 번이 되고……. 그 시 작인 것이다.

료타는 처음으로 어머니의 죽음을 의식하게 됐다.

그리고 그 순간에 무언가를 알아차렸다. 나무다. 단지가 어둑하다고 생각하게 했던 원인이었다. 료타가 어렸을 때는 2층에 닿을까 말까 했던 나무가, 5층을 넘어갈 정도로 자라나 서 가지를 뻗치고 있다. 그래서 어둡게 느껴졌던 것이다.

차츰 단지가 자연으로 되돌아가는 듯한 착각에 빠졌다. 나무들이 단지 전체를 집어삼킨다. 이끼가 끼고 깊숙한 삼림 속으로 빠져들어 가라앉는 것이다.

그 숲속 밑바닥에 태아와 같은 모습으로 잠이 든 어머니 의 모습이 생생하게 떠올랐다.

잠든 어머니를 지켜봐 줄 사람은 누구일까, 료타는 마음 속으로 물었다.

그러나 곧바로 그 생각을 머릿속에서 떨쳐 냈다.

7

료타는 은행에 다녀오겠다며, 교코와 신고를 기요세 역 앞에서 기다리도록 하고 전당포로 직행했다. 전당포에 벼루를 잡히려는 생각이다.

"30만 엔은 하겠네."라고 돋보기로 꼼꼼히 벼루를 살펴보던 전당포 주인 니무라가 말했다.

료타는 자기 귀를 의심했다. 30만 엔. 생각지도 못했던 금액이다.

"상당히 좋은 물건일세."라며 니무라가 미소 지어 보였다.

료타는 벼루를 손에 들고 바라봤다. 분명 정교한 조각이 새겨져 있기는 하나, 그 정도로 값어치가 나갈 줄은 료타로서도 생각하지 못했다. 대체 아버지는 이걸 얼마나 큰돈을 주고 샀었단 말인가.

"이봐, 할멈, 단지에 시노다 씨네, 그거 가지고 와 봐."

니무라가 부르자 "네, 네." 하는 상냥한 목소리가 들려왔다. 곧 니무라의 부인이 책 한 권을 들고 왔다. 마치 새 책인 것 같은 료타의 『무인의 식탁』이었다.

"자네 아버지가 이걸 들고 와서는, '초판본이라서 언젠가 비싸질 거야.'라는 거야."

"아버지가요?" 이것 또한 너무나도 의외라서 료타는 저도 모르게 되물었다.

"기쁘셨던 게지, 근처 가게마다 공짜로 돌리고 다녔던 거 같은데."

료타는 손에 들린 벼루에 시선을 떨궜다. 다락에 있던 세 권은, 동네에 돌리고 남은 나머지인가.

"여보, 기왕 온 거, 붓으로 사인 좀 받아요."

니무라의 부인이 재촉했다.

"그럽시다. 그 벼루로다가, 붓글씨로 사인 좀 해 줘."

"네."

"훌륭한 아들을 두셨네, 시노다 씨는."

니무라가 자상한 목소리로 말했다. 비꼬는 말투는 아니었다. 아마도 하늘 위에 계신 아버지를 향해 하는 말이리라. 조의의 뜻을 담아.

니무라 부인이, 물이 담긴 연적과 먹을 준비해 주었다.

료타는 벼루에 연적의 물을 몇 방울 떨어뜨렸다. 아버지가 그랬던 것처럼, 먹을 갈기 시작한다. 서두르지 않고 천천히.

료타는 허리를 곧추세웠다. 이것도 언제나 아버지가 해오던 자세였다.

먹을 가는 소리에서 그리움이 묻어났다.

료타는 기다리고 있던 교코와 신고에게 "미안." 하며 고개를 숙였다. 교코는 가만히 한숨만 내쉴 뿐 아무 말도 하지 않았다.

결국 료타는 전당포에 벼루를 맡기지 못했다. 도시코가 개금셔츠를 처분하지 못했던 것처럼. 무엇보다 니무라에게 "훌륭한 아들."이라는 말을 듣고서는 더욱 넘길 수가 없었다.

이미 9시를 넘긴 시각이라 전차 안은 한산해서, 셋은 나란히 앉을 수 있었다.

신고는 아직 축축한 복권을 몇 번이고 펼쳐 본다. 그 옆에서 료타는 보자기로 싼 벼루를 손바닥으로 어루만졌다.

"그 복권, 신고 다 줄게."라고 료타가 말했다.

"그래도 돼?"

"당연하지."

신고는 걱정스러운 얼굴로 자기 엄마의 얼굴빛을 살폈다. 그러자 교코가 미소 지으며 끄덕였다.

이케부쿠로 역 앞에는 부러진 우산이 여기저기 널려 있었지만, 역시 지저분한 것들이 깨끗이 날아간 덕분에 거리의 모습은 한층 쨍하게 빛났다.

"그럼, 다음 달에 다시 여기서."라고 료타가 작별 인사를 했다.

"응, 그때까지 15만. 삼 개월분."이라고 교코가 다짐을 한다.

"어어, 알겠어."

료타는 신고에게 시선을 옮겼다.

"그럼, 잘 가, 신고."

"또 봐."라며 신고가 손을 흔들었다.

료타는 그 자리에 선 채로 둘이 멀어져 가는 모습을 지켜봤다.

"스파이크, 내가 들래." 신고가 교코에게 스파이크가 든 쇼핑백을 받아 어깨에 걸어 멘다.

"다음엔 포볼 말고 홈런 치자, 응?"이라고 교코가 격려한다.

"포볼이 좋은데?"

"포볼이⋯⋯."

교코의 목소리가 달리는 자동차 소음에 묻혀서, 료타에게는 들리지 않았다.

그저 신고가 끄덕이는 모습이 보였다. 꾸벅하고 크게 끄덕이는 것이 신고의 버릇이다.

어려 보이긴 하지만 귀여운 몸짓이다. 그 버릇을 알아차린 건 이혼하고 난 뒤였다.

결국 팔지 못한 벼루의 30만 엔이라는 값은 매력적이었다. 아마 팔았다면 15만 엔은 확실히 교코에게 줄 수 있다. 남은 돈으로 월세도 내고, 월급으로는 빚도 깔끔하게 정리하고⋯⋯.

속으로 계산해 보면서 료타는 생각했다. 교코가 결혼하면 신고를 만날 수 없을지도 모른다. 후쿠즈미는 싫어할 것이 분명하다. 그때, 저항하는 것은 그만두자. 무언가를 포기한다. 과거가 될 용기.

그래도⋯⋯, 라며 료타는 기도하는 마음으로 부탁했다.

그 복권만은 버리지 말아 줘. 설사, 당첨되지 않더라도.

료타는 둘의 뒷모습을 바라봤다. 그러나 곧 인파에 휩쓸려 보이지 않는다.

료타는 뒤로 돌아서, 앞으로 걸어 나갔다.

둘도 없이 소중하지만 성가신 존재, 가족

고레에다 히로카즈 감독의 영화는 피곤하다. '초특급 블록버스터 액션 멜로' 영화라면 두 편 세 편 연달아 봐도 아무렇지 않은데, 고레에다표 영화는 별다른 사건이 일어나지 않는데도 한 편 보고 나면 후유증이 오래간다. 아마도 이야기 속에 푹 빠져 감상하기보다는 한 걸음 물러서서 자꾸 생각하게 되기 때문은 아닐까. 그의 작품은 늘 나 자신, 아니 감상자 자신을 돌아보게 한다. 특히나 나는 몇 년째 차기작을 쓰지 못하는 점이나 누나에게 한심한 아이 취급당하는 점에서 『태풍이 지나가고』의 료타에게 유난히 깊이 감정이입을 했더랬다. 지난겨울, 도쿄 와세다 대학교 앞 소바집에서 고레에다 감독을 처음 만났을 때 이런 이야기를 했더니, 감독은 내게 혹시 누나에게 돈은 빌리지 않았느냐고 농담을 했다. 다행히 나는 도박을 하지 않는 데다 누나에게 돈을 빌려야 하는 형편도 아니었지만, 어쨌든 료타는 결혼도 한 차례 했고 신인상이라도 타 봤으니 누구 처지가 더 나은지 잘 판가름할 수 없었다.

고레에다 감독은 자신이 만드는 가족 드라마를 두고 "둘

도 없이 소중하지만 성가신 존재"로서 가족의 양면을 그린다
고 설명했다. 가족이니까 뭐든 말할 수 있는 것이 아니라 가
족이라서 말할 수 없고, 들키고 싶지 않은 지점을 아주 미묘
한 표정과 말과 행동으로 그려 낸다. 료타는 가부장적인 아버
지 앞에서 실직 사실을 알리지 못하고, 빌린 돈으로 어머니에
게 용돈을 드리는 허세를 부린다. 그런 모습이 현실적으로 보
이는 건 비단 나 혼자만의 느낌은 아니리라. 물론, 꼭 실직 중
이 아니어도, 잔소리하는 누나가 없더라도 그의 작품은 어쩐
지 보는 이로 하여금 각자 자신의 기억을 되살아나게 하는 힘
을 지녔다. 나의 부모에 대해, 형제자매에 대해, 그리고 자식
에 대해서 전에는 미처 의식하지 못했던 감정이 영화를 보는
동안 슬그머니 깨어나 옆구리를 깊게 찌른다. 그렇게 살아난
각자의 기억은 부모가 살아 계실 때 더 잘해 드리지 못한 후회
와 되고 싶어 하던 어른이 되지 못한 아쉬움이라는 보편적 감
정으로 우리를 이끌어 준다.

두 작품을 읽고 베껴 쓰고 번역을 하면서, 베란다에서 태
풍에 세차게 흔들리는 귤나무를 자주 떠올렸다. 나와 비슷한
귤나무들과 그 귤나무에 찾아온 것을 청띠제비나비라 믿고
언제든 돌아와 주기를 기다리는 어머니, 아버지에게 이 책을
드리고 싶다.

옮긴이
박명진

1980년 서울에서 태어났다. 공대 졸업 후 전자 회사 연구원으로 재직하다가 나이 서른에 영화를 공부하겠다며 일본으로 떠났다. 다큐멘터리 영화 「달리는 꿈의 상자, 모모」(2012)를 만든 것을 계기로 다큐멘터리 방송과 영화 제작 현장에서 활동했다. 극영화 각본을 쓰는 훈련의 일환으로 고레에다 히로카즈 감독의 저서를 필사한 것이 계기가 되어 소설 『걸어도 걸어도』와 『태풍이 지나가고』를 우리말로 옮겼다. 현재, 각본 「마이와 할머니」를 집필하고 있다.

태풍이 지나가고　1판 1쇄 펴냄　2017년 10월 10일
1판 7쇄 펴냄　2023년 5월 2일

지은이　고레에다 히로카즈 · 사노 아키라
옮긴이　박명진
발행인　박근섭, 박상준
펴낸곳　(주)민음사

출판등록 1966. 5. 19. 제16-490호
서울시 강남구 도산대로 1길 62(신사동)
강남출판문화센터 5층 06027
대표전화 02-515-2000 팩시밀리 02-515-2007
www.minumsa.com

한국어판 ⓒ (주)민음사, 2017. Printed in Seoul, Korea

ISBN 978 89 374 2929 3 04800
ISBN 978 89 374 2900 2 (세트)